biblio Récit collège

La Ferme des animaux

GEORGE ORWELL

Traduction d'Étienne Leyris

Notes et questionnaires
par Isabelle de Lisle,
agrégée de Lettres modernes

Sommaire

1 L'auteur

2 *La Ferme des animaux*

Maquette de couverture : Stéphanie Benoit
Maquette intérieure : GRAPH'in-folio
Composition/mise en pages : APS-ie

Dossier pédagogique téléchargeable gratuitement sur :
www.enseignants.hachette-education.com

ISBN : 978-2-01-713290-5

Hachette Livre, 58, rue Jean Bleuzen, CS 70007, 92178 Vanves Cedex.

www.parascolaire.hachette-education.com

3 Dossier Bibliocollège

Né au début du XXe siècle, George Orwell (pseudonyme d'Eric Blair) est un écrivain britannique engagé. Ses actions, ses articles, ses essais et ses romans expriment sa lutte contre les injustices sociales et les régimes politiques totalitaires.

George Orwell est mondialement connu pour deux romans : *La Ferme des animaux* (1945) et *1984* (1949). En mettant en scène des animaux ou en imaginant une société du futur, il nous met en garde contre les dérives possibles de la démocratie.

George Orwell (1903-1950)

Ses contemporains :

- Aldous Huxley, auteur britannique du roman d'anticipation *Le Meilleur des mondes* (1932).
- Ray Bradbury, écrivain d'anticipation américain, auteur notamment de *Farenheit 451* (1953).
- Eugène Ionesco, dont la pièce *Rhinocéros* (1959) dénonce le totalitarisme.

Des personnalités-clés : quatre dictateurs

- Hitler (1889-1945) en Allemagne
- Mussolini (1883-1945) en Italie
- Staline (1878-1953) en URSS
- Franco (1892-1975) en Espagne

George Orwell

Le xxe siècle est violemment secoué par des conflits et traversé par des idéologies totalitaires. Il est difficile dans ce contexte de rester indifférent aux enjeux politiques. De nombreux écrivains prennent position ; parmi eux, George Orwell qui dénonce, dans ses récits, la dérive des projets égalitaires.

Identité :
Eric Blair, pseudonyme George Orwell

Naissance :
25 juin 1903 à Motihari (Inde)

Décès :
21 janvier 1950 à Londres

Genres pratiqués :
récit, roman

▶ Une jeunesse entre rêve et réalité

• Les Indes

Eric Blair est né le 25 juin 1903 à Molithari, une ville du Nord de l'Inde. À cette époque, le pays fait partie de l'Empire britannique et nombreux sont les Anglais qui y sont installés. Le père d'Eric, un modeste fonctionnaire, est l'un d'eux. En 1904, la famille regagne l'Angleterre.

• Une éducation prestigieuse

Le jeune garçon obtient une bourse pour entrer à Eton, l'une des plus prestigieuses *public schools*. Il affirme alors deux ambitions : quitter l'Angleterre pour retourner en Asie et devenir un écrivain célèbre.

• La déception du voyage

Le jeune homme, qui a quitté l'Inde à l'âge d'un an, ne connaît l'Orient que par les souvenirs de ses parents. Aussi est-il déçu, puis choqué, lorsqu'en 1922, il arrive en Birmanie en tant que sergent dans

Public schools

Les *public schools*, en Angleterre et au pays de Galles, sont des écoles privées très chères. Certaines, comme Eton ou Harrow, affichent leur vocation de former l'élite de la nation.

L'EMPIRE BRITANNIQUE

L'Empire britannique désigne un ensemble de territoires administrés par la Grande-Bretagne, notamment en Asie. Dans les années qui suivent la Première Guerre mondiale, la Grande-Bretagne est la première puissance mondiale, dominant 22 % des terres émergées.

ORWELL

Orwell est le nom d'une petite rivière du Suffolk, la région de l'Est de l'Angleterre où, enfant, l'écrivain passait ses vacances. En s'inventant un pseudonyme qui lui donne une autre identité, George Orwell marque son rejet d'une famille qui a contribué, même si c'est de façon minime, à asseoir la domination de la Grande-Bretagne sur le monde.

la police impériale. *« Le fonctionnaire maintient le Birman à terre pendant que l'homme d'affaires lui fait les poches »*, lit-on dans *Une histoire birmane* (1934). Le jeune homme se réfugie alors dans la lecture et finit par démissionner. Par la suite, il se présentera toujours comme un adversaire de l'impérialisme britannique.

▶ Le dur métier d'écrivain

Marqué par cette expérience de l'oppression, Eric Blair, qui a rejoint Londres en 1927, s'intéresse aux laissés-pour-compte de la société et envisage de témoigner de leur misère. *« Je voulais effectuer une véritable plongée, m'immerger au sein des opprimés, être l'un d'eux et lutter avec eux contre les tyrans »*, écrira-t-il dans *Le Quai de Wigan* (1937). Son voyage à Paris en 1928 ne débouche pas sur le succès littéraire escompté et ses diverses enquêtes en Angleterre sur les vagabonds ne lui assurent aucun revenu.

Pour surmonter l'ennui qu'il éprouve dans la petite ville du Middlesex où il a trouvé un poste d'enseignant, il écrit *Dans la dèche à Paris et à Londres*. Ce récit autobiographique paraît en 1933 sous le pseudonyme de George Orwell. Les critiques sont favorables mais les ventes médiocres.

L'écrivain rejoint Londres et travaille à la « Booklover's Corner », une libraire située dans un quartier d'intellectuels. Il fait la connaissance d'Eileen O'Shaughnessy qu'il épouse en 1936. Son éditeur lui ayant commandé un reportage sur les conditions de vie dans les régions minières, il se rend dans le Nord de l'Angleterre. De sa rencontre avec la misère des corons naît un livre, *Le Quai de Wigan* (1937), qui dénonce l'injustice et marque son engagement politique.

▶ Un écrivain engagé

• La guerre d'Espagne

À la fin de l'année 1936, George Orwell et sa femme se rendent en Espagne alors que le pays est déchiré par une guerre civile. L'écrivain veut rédiger des articles et participer aux combats aux côtés du POUM (*Partido obrero de unificación marxista*). Blessé en 1937, il quitte clandestinement l'Espagne avec son épouse.

• L'engagement politique

De retour à Londres en 1938, Orwell, marxiste convaincu mais farouche opposant au système soviétique, adhère à l'ILP (*Independant Labour Party*) pour servir la cause ouvrière. Il affiche son pacifisme alors que la guerre menace d'éclater en Europe.

Il change cependant d'avis devant la menace que représente le nazisme. Comme son état de santé ne lui permet pas de s'engager dans l'armée, il entre dans la *Home Guard*, un corps de volontaires réunis par l'État pour défendre le pays en cas d'invasion nazie. Pendant ce temps, il produit pour la BBC des émissions culturelles et des commentaires sur la guerre.

Les articles qu'il écrit pour une revue américaine ainsi que le court essai *Le Lion et la Licorne*, composé en 1941, témoignent de ses aspirations révolutionnaires. En novembre 1943, il quitte la BBC pour le journal travailliste *The Tribune*.

• *La Ferme des animaux*

À la même époque, George Orwell commence la rédaction de *La Ferme des animaux* qu'il achève en février 1944. Il y raconte la dérive d'un projet égalitaire en montrant comment les cochons s'emparent progressivement du pouvoir. Les allusions à l'URSS sont évidentes : cette dénonciation d'un

LA GUERRE D'ESPAGNE

En Espagne, en 1936, les nationalistes menés par le général Franco entrent en conflit armé avec les républicains au pouvoir.
De nombreux volontaires de différentes nations, notamment des écrivains, vont former des Brigades internationales et combattre aux côtés des républicains.
Des tensions apparaissent dans le camp des antifranquistes entre les staliniens appliquant les directives de Moscou et les autres tendances, dont le POUM.

LA SECONDE GUERRE MONDIALE

Le 3 septembre 1939, La Grande-Bretagne entre en guerre contre l'Allemagne d'Hitler.

des alliés de l'Angleterre, alors que la guerre n'est pas terminée, explique que le roman ne puisse pas être publié avant août 1945.

• *1984*

Après avoir perdu sa femme d'un cancer, George Orwell se retire dans l'île de Jura au Nord de l'Écosse. Il y écrit *1984*, un roman d'anticipation dans lequel il dénonce les totalitarismes. Cette dystopie, achevée en 1948, est publiée en 1949.

▶ **La mort d'un grand auteur**

George Orwell se remarie en octobre 1949 mais, atteint de la tuberculose, il décède le 21 janvier 1950. Il est enterré très simplement dans le cimetière d'un village. Conformément à son souhait, son pseudonyme ne figure pas sur sa tombe.

L'URSS EN GUERRE

L'URSS, Union des républiques socialistes soviétiques, fondée en 1922, est dirigée par Staline jusqu'en 1953. Lorsque Hitler, rompant le Pacte germano-soviétique de non-agression, envahit le pays, Staline devient l'allié de la Grande-Bretagne et entre en guerre en juin 1941.

UTOPIE ET DYSTOPIE

Au contraire de l'utopie qui imagine un monde parfait, la dystopie (ou contre-utopie) est une fiction qui se déroule dans un univers écrasant auquel il est impossible d'échapper.

ORWELL vu par...

THE NEW REPUBLIC

À l'occasion de la parution de *La Ferme des animaux*, en 1945 :

« L'apologue s'avère une machine grinçante exprimant d'une façon maladroite des idées que d'autres ont déjà exprimées, mieux et clairement. »

LE MONDE

17 janvier 2020

« Sa figure de reporter antitotalitaire et d'écrivain visionnaire est devenue un véritable étendard. Pour beaucoup, Orwell est une vigie, un phare. »

GEORGE ORWELL

La Ferme des animaux

Chapitre 1

M. Jones, de la Ferme du Manoir, avait bien verrouillé les portes des poulaillers pour la nuit mais, soûl comme il l'était, il avait omis[1] de refermer les trappes d'accès. Il traversa la cour en titubant, le cercle de lumière de sa lanterne dansant de-ci de-là, se débarrassa de ses bottes à la porte arrière, se servit un dernier verre de bière au baril entreposé dans l'arrière-cuisine et monta se coucher. Madame Jones ronflait déjà.

Dès que la lumière de la chambre fut éteinte, on entendit remuer et battre des ailes dans tous les bâtiments de la ferme. La nouvelle s'était répandue pendant la journée que le Vétéran[2], le cochon mâle Middle White[3] primé[4], avait eu un rêve étrange la nuit précédente et souhaitait en faire part à tous les autres animaux. Il avait été convenu qu'ils se réuniraient tous dans la grange principale dès que M. Jones aurait laissé le champ libre. Le Vétéran (on l'appelait toujours ainsi, même s'il avait été présenté au Salon sous le nom de « Gloire de Willingdon[5] ») était tenu en si haute estime à la ferme que chacun était parfaitement

Notes

1. **omis** : oublié.
2. **Vétéran** : au sens figuré, personne qui a suffisamment vécu pour acquérir expérience et sagesse ; dans le texte en anglais, le personnage se nomme *« Old Major »*.
3. **Middle White** : race de porcs anglaise.
4. **primé** : qui a obtenu un prix ; ici, à un concours agricole.
5. **Willingdon** : nom du village anglais dont dépend la ferme de M. Jones.

disposé à sacrifier une heure de sommeil pour écouter ce qu'il avait à dire.

À une extrémité de la grange, sur une sorte d'estrade, le Vétéran était déjà installé sur son lit de paille, sous une lanterne pendue à une poutre. Il avait douze ans d'âge et avait pris de l'embonpoint ces derniers temps, mais c'était toujours un cochon à la silhouette majestueuse et d'apparence réfléchie et bienveillante, même si ses canines n'avaient jamais été coupées. Les autres animaux ne tardèrent pas à faire leur apparition et à s'installer confortablement, chacun à sa manière. Les trois chiens – Chipie, Jo et Noisette – se présentèrent les premiers, suivis des cochons, qui prirent place sur la paille, juste en face de l'estrade. Les poules se perchèrent sur les rebords de fenêtres, les pigeons voletèrent jusqu'aux chevrons[1], les moutons et les vaches s'allongèrent derrière les cochons et commencèrent à ruminer. Les deux chevaux d'attelage[2], Vaillant[3] et Clémence[4], arrivèrent ensemble, avançant très lentement et posant leurs énormes sabots couverts de poils avec grande précaution, de peur que quelque animal de petite taille soit dissimulé dans la paille. Clémence était une solide jument à l'allure maternelle approchant le milieu de vie, qui n'avait jamais vraiment retrouvé la ligne après son quatrième poulain. Vaillant était une bête gigantesque mesurant plus de 1,80 m au garrot[5], et aussi robuste que deux chevaux ordinaires réunis. Une bande blanche sur le front lui donnait une apparence un peu stupide, et de fait il ne brillait pas par son intelligence, mais il était respecté par

Notes

1. **chevrons** : longues pièces de bois soutenant la toiture.
2. **d'attelage** : de trait, destinés au travail de la ferme.
3. **Vaillant** : dans le texte anglais le cheval se nomme « *Boxer* » c'est-à-dire « boxeur ».
4. **Clémence** : dans le texte anglais, la jument se nomme « *Clover* », c'est-à-dire « trèfle ». L'expression *to be in clover* signifie « vivre agréablement ». Le nom commun « clémence » suggère la douceur.
5. **1,80 m au garrot** : 1,80 m de l'épaule au sol. Vaillant est un très grand cheval, ce qui est le cas des chevaux de trait.

tous pour sa constance[1] de caractère et sa formidable puissance de travail. Après les chevaux s'en vinrent Muriel, la chèvre blanche, et l'âne Benjamin[2]. Benjamin était l'animal le plus âgé de la ferme ; c'est aussi lui qui avait le plus mauvais caractère. Il parlait rarement, et quand il le faisait c'était le plus souvent pour faire quelque remarque grinçante – il disait par exemple que Dieu l'avait pourvu d'une queue pour écarter les mouches, mais qu'il aurait préféré n'avoir ni queue ni mouches. Il était le seul, parmi tous les animaux de la ferme, à ne jamais rire. Si on lui demandait pourquoi, il répondait qu'il ne voyait rien qui prêtât à rire[3]. Néanmoins, sans l'admettre ouvertement, il témoignait beaucoup d'attachement à Vaillant ; tous deux passaient habituellement le dimanche ensemble dans le petit enclos au-delà du verger[4], broutant l'un à côté de l'autre sans jamais dire un mot.

Les deux chevaux venaient tout juste de s'allonger au sol lorsqu'une nichée de canetons[5] qui avaient perdu leur mère entrèrent dans la grange l'un derrière l'autre, pépiant[6] timidement et errant de côté et d'autre à la recherche d'un endroit où on ne les écraserait pas. De sa grande patte avant, Clémence leur ménagea une sorte de rempart à l'abri duquel les canetons se nichèrent[7] et s'endormirent rapidement. Au dernier moment, Mollie, la jolie et sotte jument blanche qui tirait le cabriolet[8] de M. Jones, entra en se trémoussant avec grâce, mâchonnant un morceau de sucre. Elle se choisit une place vers l'avant et commença à agiter sa crinière blanche pour mettre en valeur les rubans rouges qui y étaient tressés. En dernier apparut la chatte, à la recherche de l'emplacement le plus chaud, comme à son ha-

Notes

1. **constance** : stabilité.
2. Le personnage se nomme aussi « *Benjamin* » dans le texte en anglais. Le benjamin d'une famille est le plus jeune.
3. **rien qui prêtât à rire** : rien qui donne envie de rire ; « prêtat » est l'imparfait du subjonctif du verbe « prêter ».
4. **verger** : terrain planté d'arbres fruitiers.
5. **une nichée de canetons** : les canetons d'un même nid.
6. **pépiant** : poussant de petits cris (pour un oiseau).
7. **se nichèrent** : se blottirent comme dans un nid.
8. **cabriolet** : voiture légère tirée par un seul cheval.

bitude; elle se faufila finalement entre Vaillant et Clémence et, là, elle ronronna en toute félicité[1] durant le discours du Vétéran sans en écouter le moindre mot.

Tous les animaux étaient maintenant réunis, à l'exception de Mortimer[2], le corbeau apprivoisé, qui dormait perché derrière la porte arrière. Ayant vu qu'ils étaient tous confortablement installés et attentifs, le Vétéran s'éclaircit la voix et commença :

« Camarades, vous êtes déjà au courant du rêve étrange que j'ai fait la nuit dernière. J'y viendrai plus tard. J'ai autre chose à dire dans un premier temps. Je ne pense pas, camarades, que je serai parmi vous beaucoup plus longtemps, et avant de mourir je ressens le devoir de vous transmettre le savoir que j'ai pu acquérir. J'ai eu une longue vie, j'ai eu beaucoup de temps pour réfléchir, seul dans mon box[3], et je pense être en droit de dire que je comprends la nature de la vie sur cette terre aussi bien que n'importe quel autre animal actuellement en vie. C'est de cela que je souhaite vous entretenir.

« Et donc, camarades, quelle est la nature de cette vie qui est la nôtre ? Il faut bien l'admettre, nos vies sont pitoyables, harassantes[4] et courtes. Nous venons au monde, de la nourriture nous est donnée en quantité juste suffisante pour maintenir en nous un souffle de vie, et ceux d'entre nous qui en sont capables sont obligés de travailler jusqu'à leurs toutes dernières forces. Dès l'instant que cesse notre utilité, nous sommes abattus avec la plus atroce cruauté. Aucun animal en Angleterre, au-delà d'un an de vie, ne connaît la signification du bonheur ou des loisirs. Aucun animal, en Angleterre, n'est libre. La vie d'un animal n'est que souffrance et esclavage : telle est la stricte vérité.

« Est-ce là tout simplement l'ordre naturel des choses ? Est-ce parce que ce pays qui est le nôtre est si pauvre qu'il ne peut

Notes

1. **félicité** : bonheur.
2. **Mortimer** : dans le texte en anglais, le corbeau se nomme « *Moïse* » comme un des grands prophètes de la Bible.
3. **box** : emplacement où est logé un cheval.
4. **harassantes** : épuisantes.

assurer une vie décente à ceux qui y vivent? Non, camarades, mille fois non! Le sol britannique est fertile, son climat est clément[1]; ce pays peut fournir de la nourriture en abondance à un nombre d'animaux considérablement plus important que celui qui l'occupe actuellement. Cette seule ferme pourrait subvenir aux besoins d'une douzaine de chevaux, de vingt vaches et de moutons par centaines – vivant tous dans des conditions de confort et de dignité qui dépassent presque notre imagination. Alors pourquoi sommes-nous voués[2] à ces conditions de vie misérables? Parce que la presque totalité du produit de notre travail nous est volée par les êtres humains. C'est là, camarades, que se trouve la réponse à tous nos problèmes. Un seul mot les résume – l'Homme. L'Homme est notre seul véritable ennemi. Faites-le disparaître, et la cause première de la faim et du surmenage[3] sera supprimée à tout jamais.

« L'Homme est la seule créature qui consomme sans produire. Il ne fournit pas de lait, il ne pond pas d'œufs, il est trop faible pour tirer la charrue, il ne court pas assez vite pour attraper les lapins. Pourtant il est le roi de tous les animaux. Il les met au travail, il leur donne en retour le strict minimum qui leur évitera de mourir de faim, et le reste il le garde pour lui. Nous trimons[4] à labourer la terre, notre fumier la fertilise, et pourtant aucun d'entre nous ne possède plus que sa peau nue. Vous, les vaches que je vois devant moi, combien de milliers de litres de lait avez-vous donnés durant l'année écoulée? Et qu'est devenu ce lait qui aurait dû servir à élever des veaux vigoureux? Il a coulé, jusqu'à la dernière goutte, dans les gorges de nos ennemis. Et vous autres, poules, combien d'œufs avez-vous pondus cette dernière année, et combien de poussins en sont-ils éclos? Les autres œufs ont tous été emportés au marché pour rapporter de l'argent à Jones et à ses hommes. Et toi, Clémence, où sont

Notes

1. **clément** : doux.
2. **voués** : destinés.
3. **surmenage** : épuisement dû à une activité trop intense.
4. **trimons** : travaillons très durement.

ces quatre poulains auxquels tu as donné naissance, qui auraient dû être le soutien et la joie de tes vieux jours ? Chacun d'entre eux a été vendu à l'âge d'un an – tu n'en reverras jamais un seul. En échange de tes quatre mises bas et de tout ton travail dans les champs, qu'as-tu jamais obtenu à part tes simples rations[1] et un box ?

« Et même les misérables vies que nous menons ne sont pas autorisées à atteindre leur terme naturel[2]. Pour ma part je ne me plains pas, car je fais partie des plus chanceux. J'ai douze ans et j'ai eu plus de quatre cents enfants. Telle est la vie naturelle d'un cochon. Mais aucun animal n'échappe à l'impitoyable couteau, au bout du compte. Chacun d'entre vous, porcelets qui êtes assis en face de moi, vous hurlerez à la mort sur le billot[3] avant la fin de l'année. Cette fin épouvantable nous attend tous – vaches, cochons, poules, moutons, tous autant que nous sommes. Et le sort des chevaux et des chiens eux-mêmes n'est pas plus enviable. Toi, Vaillant, le jour même où tes muscles vigoureux perdront de leur puissance, Jones te vendra à l'équarrisseur[4], qui te tranchera la gorge et fera bouillir ta chair pour nourrir les meutes de chiens. Quant aux chiens, quand ils vieillissent et perdent leurs dents, Jones leur attache une brique autour du cou et les noie dans la mare la plus proche.

« Est-ce qu'il ne saute pas aux yeux, camarades, que tous les maux dont nous souffrons trouvent leur origine dans la tyrannie des êtres humains ? Débarrassez-vous seulement de l'Homme, et le produit de notre labeur[5] nous reviendra. Du jour au lendemain, pour ainsi dire, nous pourrions être riches et libres. Que

Notes

1. rations : il s'agit des rations de nourriture.

2. leur terme naturel : leur fin naturelle, c'est-à-dire leur mort. Les animaux de la ferme meurent à l'abattoir et non de façon naturelle.

3. billot : bloc de bois sur lequel on tranche la viande ; pièce de bois sur laquelle on tranche la tête des condamnés à mort.

4. équarrisseur : personne qui découpe les animaux morts, en général impropres à la consommation.

5. labeur : travail pénible.

devons-nous faire, alors ? Travailler jour et nuit, corps et âme, bien sûr, au renversement de l'espèce humaine ! Voilà le message que je vous livre, camarades : Révolte ! Je ne sais quand adviendra cette Révolte, ce peut être dans une semaine ou dans un siècle, mais je sais, aussi sûrement que je vois cette paille entre mes pattes, que, tôt ou tard, justice sera faite. Fixez vos yeux là-dessus, camarades, durant le peu de temps qu'il vous reste à vivre ! Et surtout, transmettez ce message à ceux qui viendront après vous, de sorte que les générations futures poursuivent le combat jusqu'à la victoire.

« Et souvenez-vous, camarades, votre détermination ne doit jamais faiblir. Aucun argument ne doit vous détourner. N'écoutez jamais lorsqu'ils vous diront que l'Homme et les animaux ont des intérêts communs, que de la prospérité[1] de l'un découle la prospérité des autres. Ce ne sont que mensonges. L'Homme ne sert les intérêts d'aucune autre créature que lui-même. Et entre nous, animaux, que l'unité et la camaraderie soient sans faille[2] dans le combat. Tous les hommes sont nos ennemis. Tous les animaux sont camarades. »

Une formidable clameur[3] s'éleva alors. Durant le discours du Vétéran, quatre gros rats s'étaient glissés hors de leur trou et l'écoutaient, assis sur leur derrière. Les chiens les avaient subitement repérés, et ils ne durent la vie sauve qu'à une preste[4] retraite[5]. Le Vétéran leva la patte pour réclamer le silence.

« Camarades, dit-il, voici une question qu'il nous faut régler. Les animaux sauvages, tels que les rats et les lapins, sont-ils nos amis ou nos ennemis ? Mettons l'affaire aux voix[6]. Je propose la question suivante à l'assemblée : les rats sont-ils nos camarades ? »

Notes

1. **prospérité** : vie aisée.
2. **sans faille** : solides, sans que rien ne puisse les briser.
3. **clameur** : ensemble de cris poussés par une foule.
4. **preste** : rapide.
5. **retraite** : repli, marche arrière.
6. **Mettons l'affaire au voix** : Votons.

On procéda immédiatement au vote, et il fut convenu, à une écrasante majorité, que les rats étaient des camarades. Il y avait seulement quatre voix dissidentes[1], les trois chiens et la chatte, laquelle, on le découvrit plus tard, avait voté pour les deux camps. Le Vétéran poursuivit :

« Il me reste peu de choses à vous dire. Je me contenterai de vous rappeler votre devoir permanent d'hostilité à l'égard de l'Homme et de toutes ses façons de faire. Tout ce qui se déplace sur deux jambes est un ennemi. Tout ce qui se déplace sur quatre pattes, ou qui a des ailes, est un ami. Et souvenez-vous également que, dans notre lutte contre l'Homme, nous ne devons pas en venir à[2] lui ressembler. Même quand vous en serez venus à bout, n'adoptez pas ses défauts. Aucun animal ne doit jamais vivre dans une maison, ni dormir dans un lit, ni revêtir des habits, ni boire de l'alcool, ni fumer du tabac, ni toucher à de l'argent, ni s'adonner au commerce. Toutes les habitudes de l'Homme sont détestables. Et, surtout, aucun animal ne doit jamais persécuter ceux de sa propre espèce. Faibles ou forts, innocents ou intelligents, nous sommes tous frères. Aucun animal ne doit jamais tuer un autre animal. Tous les animaux sont égaux.

« Et maintenant, camarades, je vais vous parler du rêve que j'ai fait la nuit dernière. Il m'est impossible de vous le décrire. C'était le rêve de la Terre telle qu'elle sera lorsque l'Homme aura disparu. Et je me suis alors souvenu de quelque chose que j'avais oublié depuis longtemps. Voilà bien des années, quand j'étais jeune porcelet, ma mère et les autres truies chantaient une vieille chanson dont elles ne connaissaient que la mélodie et les trois premiers mots. Tout petit, je connaissais cette chanson, mais elle s'était effacée de ma mémoire depuis longtemps. La nuit dernière, cependant, elle m'est revenue en rêve. Qui plus est, les paroles de la chanson sont également réapparues – des

Notes

1. **dissidentes** : en désaccord.

2. **en venir à** : finir par.

paroles qui, j'en suis certain, étaient chantées par les animaux des temps anciens et dont s'était perdu le souvenir depuis des générations. Je vais vous la chanter maintenant, camarades. Je suis vieux et ma voix est rauque[1], mais quand je vous aurai enseigné la mélodie, vous pourrez mieux la chanter entre vous. *Animaux d'Angleterre*, tel est son titre. »

Le Vétéran s'éclaircit la voix et commença à chanter. Comme il l'avait dit, sa voix était rauque, mais il chantait bien et la mélodie était entraînante, évoquant tout à la fois *My Darling Clementine*[2] et *La Cucaracha*[3]. En voici les paroles :

Animaux d'Angleterre, animaux d'Irlande,
Habitants de nos bois, des prés ou de la lande,
Oyez[4]*, oyez, l'annonce gaie à ravir*
De l'âge d'or[5] *des temps à venir.*
Tôt ou tard le jour se lèvera
Qui du tyran la chute verra.
Alors seuls nous foulerons[6]
Les terres fertiles de notre fière Albion[7]*.*
Point d'anneaux dans nos naseaux,
Point de harnais[8] *sur nos garrots,*
Mors[9] *et éperons*[10] *à tout jamais rouillés,*
Fouets cruels pareillement délaissés.
Richesses à foison[11]*, par-delà tous nos rêves,*

Notes

1. **rauque** : comme enrouée.
2. ***My Darling Clementine*** : chanson populaire américaine.
3. ***La Cucaracha*** : chanson populaire mexicaine.
4. **Oyez** : Écoutez.
5. **âge d'or** : dans la mythologie grecque, temps de bonheur et d'innocence qui a suivi la création de l'homme.
6. **foulerons** : marcherons sur.
7. **Albion** : ancien nom de la Grande-Bretagne. Le traducteur a choisi ce terme pour traduire « *England* » pour les nécessités de la rime.
8. **harnais** : équipement du cheval.
9. **Mors** : pièces métalliques placées dans la bouche du cheval et attachées aux rênes.
10. **éperons** : pièces métalliques munies d'une pointe acérée ; fixées sur les talons des bottes du cavalier, elles sont destinées à piquer le cheval pour le faire avancer.
11. **à foison** : en abondance.

Orge et froment, avoine et fèves,
Fruits de toutes sortes et au-delà
Seront nôtres en ces jours-là.
Les champs resplendiront,
Des ondes[1] *plus pures couleront,*
Plus légère même sera la brise,
Quand liberté sera conquise.
Tous devrons[2] *trimer pour que ce jour advienne*
Même si la mort nous cueille avant qu'il ne survienne ;
Chevaux et vaches, canards ou oisillons,
Tous nous nous échinerons[3] *pour que libres soyons*[4].
Animaux d'Angleterre, animaux d'Irlande,
Habitants de nos bois, des prés ou de la lande,
Oyez, oyez, et entonnez[5] *encor*[6]
Ce chant précurseur[7] *de l'âge d'or.*

Ce chant déchaîna chez les animaux une frénésie d'enthousiasme. Avant même que le Vétéran en ait atteint la fin, ils se le fredonnaient à mi-voix. Même les plus stupides d'entre eux avaient déjà la mélodie en tête ainsi qu'une partie des paroles ; quant aux plus intelligents, comme les cochons et les chiens, ils connaissaient toute la chanson par cœur au bout de quelques minutes. Et, après deux ou trois mises au point préliminaires, toute la ferme entonna *Animaux d'Angleterre* dans un formidable unisson[8] : les vaches meuglaient, les chiens glapissaient[9], les moutons bêlaient, les chevaux hennissaient, les canards

Notes

1. **ondes** : eaux.
2. **Tous devrons** : Tous nous devrons.
3. **nous nous échinerons** : nous travaillerons jusqu'à épuisement.
4. **pour que libres soyons** : pour que nous soyons libres.
5. **entonnez** : commencez (pour un chant).
6. **encor** : encore ; pour les besoins de la rime avec « or », « encore » peut être écrit « encor ».
7. **précurseur** : qui annonce.
8. **un formidable unisson** : un ensemble extraordinaire.
9. **glapissaient** : lançaient des aboiements brefs et aigus.

cancanaient[1]. L'exaltation[2] était telle qu'ils reprirent le chant d'un bout à l'autre cinq fois d'affilée, et peut-être auraient-ils continué à le chanter toute la nuit s'ils n'avaient été interrompus.

Malheureusement, le vacarme réveilla M. Jones, qui se leva d'un bond, persuadé qu'un renard se trouvait dans la cour. Il s'empara du fusil qu'il gardait toujours dans un coin de la chambre et le déchargea dans l'obscurité. Les plombs de 6 s'enfoncèrent dans le mur de la grange et la réunion prit fin soudainement. Chacun regagna sa couche dans la précipitation. Les oiseaux sautèrent sur leurs perchoirs, les animaux s'installèrent dans la paille, et toute la ferme ne tarda pas à s'endormir.

Notes

1. **cancanaient** : criaient (pour des volailles).

2. **exaltation** : sentiment d'élévation, d'enthousiasme.

Au fil du texte

Questions sur le chapitre 1 (lignes 154 à 277)

Que s'est-il passé auparavant ?

1. À qui appartient la Ferme du Manoir ?

2. Qui sont les principaux animaux présentés au début du roman ? Complétez le tableau.
Benjamin, Chipie, Clémence, Joe, Mollie, Mortimer, Muriel, Noisette, Vaillant, le Vétéran.

L'âne	....
La chèvre blanche	....
Le cochon mâle primé	....
Le corbeau apprivoisé	....
La jument blanche	....
Les deux chevaux d'attelage	....
Les trois chiens	....

3. Quel est l'animal le plus âgé ? le plus robuste ? le plus apprécié ?

4. Quelle est, selon le Vétéran, la seule créature qui consomme sans produire ?

Avez-vous bien lu ?

5. Barrez les affirmations fausses. Relevez pour chacune d'elles une citation qui permet de la corriger.

a) Lorsqu'il s'adresse aux animaux, le Vétéran les appelle *« mes amis »*.

b) Presque tous les participants à la réunion veulent que les animaux sauvages soient considérés comme des amis.

c) *Animaux d'Angleterre* se chante sur un air mélancolique.

d) Selon Vétéran, il faut lutter contre l'homme et prendre sa place pour lui ressembler.

e) Les cochons et les chiens sont présentés comme plus intelligents que les autres.

f) La réunion prend fin quand M. Jones tire avec son fusil dans le mur de la grange.

ÉTUDIER L'INTRODUCTION D'UN RÉCIT*

***récit* : un récit est une histoire rapportée par un narrateur qui participe ou non à l'action.**

Les enjeux de l'introduction d'un récit

- **Présenter ce qui est nécessaire à la compréhension de l'histoire :** cadre, personnages, élément qui va déclencher l'histoire, genre (roman, conte....);
- **Capter l'attention du lecteur** et l'amener à formuler des hypothèses quant à la suite des événements.

6 En quoi le discours du Vétéran est-il un élément déclencheur ?

7 À quels genres littéraires le passage étudié s'apparente-t-il ?

8 Relevez un élément qui vous semble amusant, un autre qui est touchant. Quel rôle jouent ces moments dans l'introduction du récit ?

9 En vous appuyant sur les questions précédentes et en repérant d'autres procédés, montrez de quelle manière George Orwell capte l'attention de son lecteur dans cet extrait du premier chapitre.

10 Si vous n'avez pas encore lu l'ensemble du récit : à la fin du chapitre 1, quelles hypothèses le lecteur peut-il formuler quant à la suite de l'histoire ?

Si vous avez déjà lu l'ensemble du récit : comparez la chanson du Vétéran avec l'évolution de la ferme par la suite.

ÉTUDIER L'ART DU DISCOURS

Lignes 154 à 177

11 Quels sont les différents modes et temps employés dans le passage. Quand cela est possible, donnez deux exemples, sinon un seul. Quel mode joue un rôle important dans le ton du discours ?

Quelques procédés de rhétorique courants au service de l'orateur

- La répétition et l'énumération
- L'apostrophe (appel au public)
- La brièveté des phrases
- L'interrogation rhétorique (question qui n'attend pas de réponse)
- Le soin apporté à la péroraison (fin du discours)

12 Relevez une interrogation rhétorique et une apostrophe. Quels procédés caractérisent la péroraison ? Quels sont les effets de cette rhétorique sur le public ? Entraînez-vous à lire le passage étudié à haute voix.

13 Par quels procédés grammaticaux le Vétéran donne-t-il une dimension universelle à son discours ?

ÉTUDIER UN TEXTE ENGAGÉ

14 Quelles sont les intentions du Vétéran dans son discours ? À quelle société aspire-t-il ?

15 Dégagez la composition du chant en résumant chaque strophe en une ou deux phrases. En quoi le chant est-il *« précurseur de l'âge d'or »* (dernier vers, ligne 256) ?

16 Comment les animaux réagissent-ils au chant (lignes 257 à 269) ? Par quels procédés George Orwell se moque-t-il de leur réaction ? Quel est l'effet produit sur le lecteur ?

17 Comparez la réaction des animaux au discours et au chant avec le dernier paragraphe de l'extrait. Qu'en déduit le lecteur ?

À vos plumes !

18 Imaginez et écrivez le discours qu'une abeille révoltée adresserait à ses consœurs dans une ruche gouvernée par une reine tyrannique. Vous insérerez votre discours dans un récit bref et emploierez les procédés suivants : interrogation rhétorique, apostrophe, phrase non verbale, exclamation, péroraison marquante.
Lisez votre discours à vos camarades en mettant le ton.

19 Écrivez un discours présentant un projet pour votre collège. Vous utiliserez les procédés que vous avez pu repérer dans les propos de Vétéran. Mémorisez votre discours et prononcez-le devant la classe.

Chapitre 2

Trois nuits plus tard, le Vétéran mourait paisiblement dans son sommeil. On l'enterra tout au bout du verger.

C'est au début du mois de mars que ces événements étaient survenus. Une intense activité secrète s'ensuivit durant trois mois. Pour les animaux les plus intelligents de la ferme, le discours du Vétéran avait fait apparaître la vie sous un jour tout à fait nouveau. Ils ne savaient pas quand surviendrait la Révolte annoncée par le Vétéran et n'avaient aucune raison de penser qu'elle se produirait de leur vivant, mais ils percevaient assurément[1] qu'il était de leur devoir de s'y préparer. C'est aux cochons, considérés généralement comme les plus intelligents, qu'il revenait naturellement d'instruire les animaux et de définir les rôles de chacun. Et parmi les cochons, deux jeunes mâles dénommés Nelson[2] et Napoléon, occupaient une position prééminente[3]; M. Jones les élevait dans le but de les revendre

Notes

1. assurément : certainement.

2. Nelson : amiral britannique (1758-1805) qui remporta contre Napoléon la bataille de Trafalgar au cours de laquelle il mourut. En anglais, George Orwell a nommé son personnage « *Snowball* ». En remplaçant « Boule de Neige » par « Nelson », le traducteur a choisi de mettre en avant sa rivalité avec Napoléon. Dans l'histoire soviétique, ce personnage représente Trotski, le rival de Staline.

3. prééminente : dominante.

comme reproducteurs. Napoléon[1] était un grand mâle de race Berkshire, d'aspect assez féroce, le seul Berkshire de la ferme, plutôt taciturne[2] mais avec la réputation de parvenir à ses fins[3]. Nelson montrait plus de vivacité que Napoléon, avait plus de repartie et de créativité, mais n'avait pas la même profondeur de vue, pensait-on. Tous les autres cochons mâles de la ferme étaient des porcs de boucherie. Le plus connu d'entre eux était un petit verrat[4] replet[5] du nom de Couineur[6], aux joues très rondes, aux yeux pétillants, très leste[7] dans ses mouvements et pourvu d'une voix perçante. C'était un brillant orateur et quand il débattait de quelque question épineuse[8], il avait une façon de sautiller d'un côté et de l'autre en remuant la queue qui était, curieusement, très persuasive. Les autres animaux disaient de Couineur qu'il savait à l'occasion vous faire prendre des vessies pour des lanternes[9].

Ces trois-là avaient développé les enseignements du Vétéran en un système de pensée exhaustif[10] auquel ils avaient donné le nom d'Animalisme. Plusieurs soirs par semaine, une fois M. Jones endormi, ils tenaient des conciliabules[11] secrets dans la grange et expliquaient aux autres les principes de l'Animalisme. Dans un premier temps, ils se trouvèrent confrontés à

Notes

1. **Napoléon** : le personnage a le même nom dans le texte en anglais. Il faut se rappeler que, pour les Britanniques, l'empereur français, qu'ils ont combattu, représente la soif de pouvoir. Dans l'histoire soviétique, ce personnage évoque Staline.
2. **taciturne** : d'humeur sombre.
3. **parvenir à ses fins** : réussir, réaliser ce qu'il souhaite.
4. **verrat** : cochon mâle non castré utilisé pour la reproduction.
5. **replet** : un peu gros.
6. **Couineur** : le mot anglais employé par George Orwell est « *Squealer* » qui peut être traduit par « Couineur » mais aussi par « Mouchard », « Balance » ou « Traitre ». Ce personnage rappelle la *Pravda*, le journal de propagande soviétique.
7. **leste** : rapide, agile.
8. **question épineuse** : question difficile à traiter.
9. **vous faire prendre des vessies pour des lanternes** : vous faire prendre d'énormes mensonges pour la réalité.
10. **exhaustif** : qui envisage tous les aspects.
11. **conciliabules** : réunions secrètes, pour préparer, en général, une action d'opposition.

beaucoup de stupidité et d'apathie[1]. Certains animaux évoquaient le devoir de loyauté[2] envers M. Jones – qu'ils appelaient «le maître» – ou faisaient des réflexions simplistes[3] comme : «M. Jones nous donne à manger. S'il n'était plus là, on mourrait de faim.» D'autres posaient des questions telles que : «Pourquoi nous préoccuper de ce qui se passera après notre mort?», ou encore «Si cette Révolte doit se produire de toute façon, quelle différence cela fait-il que nous y participions ou non?», et les cochons avaient le plus grand mal à leur faire comprendre que cela était contraire à l'esprit de l'Animalisme. Les questions les plus stupides étaient posées par Mollie, la jument blanche. Sa première question à Nelson fut la suivante : «Y aura-t-il encore du sucre après la Révolte?

— Non, répondit fermement Nelson. Nous n'avons pas la possibilité de fabriquer du sucre dans cette ferme. D'ailleurs, tu n'as pas besoin de sucre. Tu auras tout le foin et l'avoine que tu voudras.

— Et est-ce que j'aurai encore le droit de porter des rubans dans ma crinière? demanda Mollie.

— Camarade, répondit Nelson, ces rubans auxquels tu es si attachée sont le symbole de ton esclavage. Ne comprends-tu pas que la liberté a plus de valeur que des rubans?»

Mollie acquiesça[4], mais elle ne semblait pas très convaincue. Les cochons durent batailler avec encore plus d'acharnement pour contrer les mensonges énoncés par Mortimer, le corbeau apprivoisé. Mortimer, qui était le chouchou de M. Jones, était un espion et un mouchard, mais c'était également un habile débatteur[5]. Il prétendait connaître l'existence d'une contrée[6] mystérieuse, la Montagne Toutensucre, où allaient tous les ani-

Notes

1. apathie : absence de réaction, indifférence.
2. loyauté : fidélité à des engagements.
3. simplistes : peu élaborées.
4. acquiesça : fit comprendre qu'elle était d'accord.
5. un habile débatteur : un orateur doué dans les débats.
6. contrée : région, pays.

maux le jour de leur mort. Elle était située là-haut quelque part dans le ciel, à quelque distance au-dessus des nuages, expliquait Mortimer. Sur la Montagne Toutensucre, c'était tous les jours dimanche, le trèfle y était mûr en toute saison, et les morceaux de sucre et les tourteaux de lin[1] poussaient sur les haies. Les animaux détestaient Mortimer parce qu'il racontait des bobards[2] et qu'il ne travaillait pas, mais certains d'entre eux croyaient à la Montagne Toutensucre, et les cochons devaient discuter avec beaucoup de fermeté pour les persuader que ce lieu n'existait pas.

Leurs plus fervents[3] disciples[4] étaient les deux chevaux d'attelage, Vaillant et Clémence. Ces deux-là avaient le plus grand mal à penser par eux-mêmes, mais, dès l'instant où ils eurent accepté de prendre les cochons comme professeurs, ils assimilèrent tout ce qu'on leur enseignait et le transmirent aux autres animaux en recourant à des arguments très simples. Ils ne manquaient jamais les réunions secrètes dans la grange et ils étaient les premiers à entonner *Animaux d'Angleterre*, qui clôturait toujours les réunions.

En fin de compte, la Révolte prit corps beaucoup plus tôt et bien plus facilement que quiconque ne l'avait prévu. Naguère[5] M. Jones, même s'il était un maître exigeant, avait été un fermier compétent, mais ces derniers temps il avait connu des jours néfastes[6]. Le découragement l'avait gagné après qu'il eut perdu de l'argent dans un procès, et il s'était mis à boire plus que de raison. Il fainéantait[7] des jours entiers dans la cuisine sur sa chaise Windsor[8], lisant les journaux, buvant, et donnant

Notes

1. **tourteaux de lin** : résidus de l'extraction de l'huile de lin, présentés ici comme un aliment apprécié par les animaux.
2. **bobards** : fausses informations.
3. **fervents** : convaincus, fidèles.
4. **disciples** : personnes qui adhèrent à la doctrine d'un maître.
5. **Naguère** : par le passé.
6. **néfastes** : sombres.
7. **fainéantait** : paressait.
8. **Windsor** : ici, un style de chaise caractérisé par un dossier à barreaux.

de temps en temps à Mortimer des croûtes de pain trempées dans la bière. Ses employés étaient paresseux et malhonnêtes, les champs envahis par les mauvaises herbes, les toits des bâtiments prenaient l'eau, les haies n'étaient pas entretenues et les animaux étaient mal nourris.

Vint le mois de juin, et avec lui le temps de la fenaison[1]. Le jour de la Saint-Jean, qui tombait un samedi cette année-là, M. Jones se rendit au village de Willingdon et s'enivra tellement au pub du Lion rouge qu'il ne fut pas de retour avant dimanche midi. Les hommes avaient trait les vaches tôt le matin puis étaient partis chasser le lapin, sans prendre la peine de nourrir les bêtes. À son retour, M. Jones s'endormit immédiatement sur le canapé du salon, le journal du dimanche déployé sur le visage, de sorte que lorsque vint le soir, les animaux n'avaient toujours pas été nourris. Et finalement ils furent à bout de patience. L'une des vaches, d'un coup de corne, enfonça la porte du fenil[2] et tous les animaux commencèrent à se servir. Et c'est à ce moment-là que M. Jones se réveilla. Un instant plus tard, il était dans le fenil avec ses quatre employés, et tous donnaient des coups de fouet en tous sens. C'était là plus que n'en purent supporter les animaux affamés. D'un commun accord, alors que rien de tel n'avait été prévu, ils se précipitèrent sur leurs persécuteurs. Soudainement, coups de corne et de sabot se mirent à pleuvoir sur Jones et ses hommes. La situation leur échappait totalement. Jamais ils n'avaient vu des animaux se comporter de la sorte, et ce brusque soulèvement de bêtes, qu'ils avaient pour habitude de fouetter et de maltraiter comme ils l'entendaient, occasionna chez eux une peur panique. Très vite ils abandonnèrent toute idée de se défendre et prirent leurs jambes à leur cou. L'instant d'après, tous les cinq fuyaient éperdument[3] le long du chemin menant à la grand-route, et tous les animaux les poursuivaient, triomphants.

Notes

1. **fenaison** : ramassage du foin.
2. **fenil** : pièce où l'on entrepose le foin.
3. **éperdument** : désespérément.

Madame Jones regarda par la fenêtre de la chambre, vit ce qui se passait, jeta en toute hâte quelques affaires dans un sac de voyage et se glissa discrètement hors de la ferme par un autre chemin. Mortimer quitta son perchoir et la poursuivit en battant des ailes et en croassant bruyamment. Pendant ce temps, les animaux avaient poursuivi Jones et ses hommes jusque sur la route et avaient refermé derrière eux la grande barrière à cinq traverses. Et donc, avant même qu'ils aient pris conscience des événements qui se déroulaient, la Révolte avait été menée à bien : Jones était expulsé et la Ferme du Manoir était à eux.

Durant les premiers instants, les animaux eurent du mal à se convaincre de leur bonne fortune[1]. Leur premier geste consista à galoper, tous ensemble, sur le territoire de la ferme, comme pour s'assurer qu'aucun être humain ne s'y cachait ; puis ils revinrent, toujours à vive allure, jusqu'aux bâtiments de la ferme pour effacer toute trace du règne honni[2] de Jones. Ils forcèrent la porte de la sellerie[3], tout au bout des écuries ; les mors, les anneaux, les chaînes, les impitoyables couteaux dont se servait M. Jones pour castrer[4] les cochons et les agneaux, tous ces objets furent précipités dans le puits. Les rênes, les licols[5], les œillères, les dégradantes musettes[6] furent jetés dans le grand feu d'ordures qui brûlait dans la cour. Il en fut de même pour les fouets. Tous les animaux gambadèrent de joie en voyant les fouets s'embraser. Nelson jeta aussi dans les flammes les rubans dont étaient habituellement décorées les crinières et les queues des chevaux, les jours de marché.

Notes

1. **bonne fortune** : chance.
2. **honni** : détesté.
3. **sellerie** : pièce où sont rangés les selles et les harnais.
4. **castrer** : pratiquer l'ablation des parties génitales ; il s'agit, ici, de rendre la viande consommable.
5. **licols** : harnais fixés sur la tête des chevaux et munis d'une corde qui permet d'attacher les animaux.
6. **musettes** : sacs de toile remplis d'avoine que l'on attache au museau des chevaux pour les nourrir quand ils ne se trouvent pas à l'écurie.

« Les rubans, dit-il, doivent être considérés comme des vêtements, qui sont la marque des êtres humains. Tous les animaux doivent aller nus. »

Lorsque Vaillant entendit cela, il s'en alla chercher le chapeau de paille qu'il portait en été pour tenir les mouches à distance de ses oreilles, et il le balança sur le feu, avec le reste.

En très peu de temps, les animaux eurent détruit tout ce qui leur rappelait M. Jones. Napoléon les ramena alors au fenil et servit à tous une double ration de blé, et deux biscuits à chacun des chiens. Puis ils chantèrent *Animaux d'Angleterre* d'un bout à l'autre sept fois d'affilée ; après quoi ils s'installèrent pour la nuit et dormirent comme jamais auparavant.

Ils se réveillèrent toutefois à l'aube, comme ils en avaient l'habitude, et, se remémorant soudain les glorieux événements qui s'étaient déroulés, ils se précipitèrent vers le pâturage, tous ensemble. Dans cette prairie, à courte distance, se trouvait un monticule[1] d'où l'on pouvait voir la totalité de la ferme. Les animaux s'y rendirent en hâte et regardèrent autour d'eux, dans la clarté matinale. Oui, c'était à eux – tout ce qu'ils voyaient était à eux ! Dans l'extase[2] que procurait cette pensée, ils s'ébattaient en tous sens et, dans leur excitation, bondissaient haut dans l'air. Ils se roulaient dans la rosée, ils broutaient à pleines dents l'herbe tendre de l'été, ils faisaient voler des mottes de terre noire et en humaient le riche parfum. Puis ils firent un tour d'inspection de l'ensemble de la ferme, passant en revue, muets d'admiration, les terres de labour[3], les prés de fauche[4], le verger, l'étang, le petit bois. C'était comme s'ils n'avaient jamais rien vu de tout cela, et ils avaient encore du mal à croire que tout ceci fût[5] à eux.

Notes

1. **monticule** : partie surélevée d'un terrain.
2. **extase** : bonheur intense, religieux.
3. **terres de labour** : terres cultivées.
4. **prés de fauche** : terres où paissent les animaux et qui produisent le foin.
5. **fût** : imparfait du subjonctif du verbe « être » (« que tout ceci soit à eux »).

Puis, l'un après l'autre, ils s'en retournèrent jusqu'aux bâtiments de la ferme et firent halte, silencieux, devant la porte de la maison. Elle leur appartenait aussi, mais ils avaient peur d'y pénétrer. Au bout de quelques instants, cependant, Nelson et Napoléon l'ouvrirent à coups d'épaule et les animaux entrèrent en file indienne, en avançant avec une extrême prudence de peur de déranger quoi que ce soit. Ils passaient de pièce en pièce, sur la pointe des pieds, ne parlaient qu'en chuchotant et contemplaient avec un émerveillement mêlé d'effroi les lits et leurs matelas de plume, les miroirs, le sofa[1] en crin de cheval, le tapis de Bruxelles et, au-dessus de la cheminée du salon, la lithographie[2] représentant la reine Victoria[3]. C'est au moment de redescendre l'escalier qu'ils se rendirent compte que Mollie n'était pas là. En revenant sur leurs pas, ils virent qu'elle était restée en arrière dans la plus belle des chambres. Elle avait pris un bout de ruban bleu sur la coiffeuse de Madame Jones et le tenait contre son épaule en s'admirant dans le miroir de la plus sotte des façons. Les autres lui firent de vifs reproches, puis ressortirent. On décrocha quelques jambons qui pendaient dans la cuisine, pour les enterrer, et le baril de bière dans l'arrière-cuisine fut éventré par Vaillant d'un coup de sabot. Cela mis à part, rien ne fut touché dans la maison. Une résolution fut immédiatement adoptée à l'unanimité, selon laquelle la maison serait conservée comme musée. Et tous tombèrent d'accord : aucun animal ne devait jamais y vivre.

Les animaux prirent leur petit-déjeuner, puis Nelson et Napoléon les rassemblèrent de nouveau.

« Camarades, dit Nelson, il est six heures et demie et une longue journée nous attend. Nous commençons aujourd'hui la

Notes

1. **sofa** : lit pouvant servir de canapé.
2. **lithographie** : dessin résultant d'une impression sur papier au moyen d'une pierre calcaire sur laquelle l'œuvre a préalablement été tracée au crayon gras.
3. **reine Victoria** : la reine Victoria (1819-1901) a régné sur la Grande-Bretagne et l'Empire britannique de 1837 à sa mort.

récolte du foin. Mais il nous faut tout d'abord traiter une autre question. »

Les cochons révélèrent alors que, durant les trois derniers mois, ils avaient appris par eux-mêmes à lire et à écrire à l'aide d'un vieux livre d'orthographe qui avait appartenu aux enfants de M. Jones et qui avait été jeté sur le tas d'ordures. Napoléon envoya chercher des pots de peinture noire et blanche et ouvrit la marche jusqu'à la barrière à cinq traverses qui donnait sur la grand-route. C'est alors que Nelson (c'était lui le meilleur en écriture) saisit un pinceau entre les jointures de sa patte, recouvrit de peinture, sur la traverse haute de la barrière, l'inscription FERME DU MANOIR, et la remplaça par FERME DES ANIMAUX. Dorénavant c'est ainsi que se nommerait la ferme. Ils retournèrent ensuite aux bâtiments de la ferme, où Nelson et Napoléon envoyèrent chercher une échelle qu'ils firent appuyer contre le mur du fond de la grange. Ils expliquèrent que, grâce à leurs études des trois derniers mois, ils étaient parvenus à ramener les principes de l'Animalisme à Sept Commandements. On allait procéder maintenant à l'inscription, sur le mur, de ces Sept Commandements ; ils constitueraient une loi immuable[1] à laquelle toute la Ferme des Animaux devrait se conformer pour l'éternité. Non sans difficulté (car il n'est pas facile pour un cochon de se tenir en équilibre sur une échelle), Nelson gravit les échelons et se mit au travail, Couineur lui tenant le pot de peinture quelques échelons plus bas. Les Commandements furent inscrits sur le mur recouvert de goudron, en grandes lettres blanches que l'on pouvait lire à près de trente mètres de distance. Les voici :

LES SEPT COMMANDEMENTS

1. *Tout ce qui va sur deux pattes est un ennemi.*

2. *Tout ce qui va sur quatre pattes, ou qui a des ailes, est un ami.*

Note

1. **immuable** : qui ne peut être modifiée.

3. *Aucun animal ne portera de vêtements.*
4. *Aucun animal ne dormira dans un lit.*
5. *Aucun animal ne boira d'alcool.*
6. *Aucun animal n'en tuera un autre.*
7. *Tous les animaux sont égaux.*

L'écriture était très soignée et, mis à part le mot « ennemi » qui était écrit « ainemi » et l'un des « S » qui était à l'envers, l'orthographe était correcte d'un bout à l'autre. Nelson en fit la lecture à voix haute pour que les autres en profitent. Tous les animaux hochèrent la tête en signe de complet assentiment[1], et les plus intelligents commencèrent immédiatement à apprendre les Commandements par cœur.

« Et maintenant, camarades, s'écria Nelson en se débarrassant de son pinceau, allons faire les foins[2] ! Et mettons un point d'honneur à engranger[3] plus vite que ne le feraient Jones et ses hommes. »

C'est à ce moment-là que les trois vaches, qui depuis quelque temps manifestaient des signes d'inquiétude, firent entendre un puissant beuglement. Elles n'avaient pas été traites depuis vingt-quatre heures, et leurs mamelles étaient sur le point d'éclater. Après un petit moment de réflexion, les cochons envoyèrent chercher des seaux puis se mirent à traire les vaches avec un certain succès, leurs pattes étant bien adaptées à cette tâche. Bientôt on compta cinq seaux de lait crémeux et mousseux, et beaucoup parmi les animaux les regardaient avec grand intérêt.

« Que va-t-on faire de tout ce lait ? demanda quelqu'un.

— Jones en mettait quelquefois dans notre pâtée, dit une des poules.

— Peu importe le lait, camarades ! claironna Napoléon en se plaçant devant les seaux. Le nécessaire sera fait. La récolte est

Notes

1. **assentiment** : accord.
2. **faire les foins** : ramasser l'herbe des prairies pour la faire sécher et nourrir les animaux l'hiver.
3. **engranger** : rentrer le foin dans la grange.

plus importante. Camarade Nelson marchera en tête. Je suivrai dans quelques minutes. En avant, camarades ! Le foin nous attend. »

Et donc toute la troupe des animaux se rendit à la prairie pour entreprendre la récolte du foin, et quand ils s'en revinrent le soir, on remarqua que le lait avait disparu.

Chapitre 3

Si vous saviez comme ils peinèrent et suèrent pour rentrer le foin ! Mais leurs efforts furent récompensés car le succès de la récolte surpassa leurs espérances.

Parfois le travail était dur ; les outils avaient été conçus pour des êtres humains et non pour des animaux, et c'était un inconvénient majeur qu'aucun animal ne puisse utiliser les instruments qui nécessitaient qu'on se tienne en position verticale. Toutefois les cochons étaient si intelligents qu'ils trouvaient toujours une façon de contourner les difficultés. Quant aux chevaux, ils connaissaient la prairie dans ses moindres recoins, et en matière de fauchage[1] et de ratissage ils en savaient bien plus que Jones et ses hommes. Les cochons ne travaillaient pas à proprement parler ; ils guidaient et supervisaient les autres animaux. En raison de leurs connaissances de niveau supérieur, il était tout à fait naturel qu'ils endossent le commandement. Vaillant et Clémence s'attelaient d'eux-mêmes à la faucheuse ou au râteau-faneur[2] (on n'avait alors plus besoin ni de mors ni de rênes, bien sûr) avant de parcourir toute la surface du champ avec une grande régularité, un cochon sur leurs arrières[3] les encourageant de la voix, « Hue[4], camarade ! », ou « Holà, arrière, camarade ! », selon

Notes

1. **fauchage** : action de faucher, c'est-à-dire de couper l'herbe avant de la ramasser.

2. **râteau-faneur** : instrument destiné à retourner le foin fauché afin qu'il sèche.

3. **sur leurs arrières** : derrière eux.

4. **Hue** : En avant.

le cas. Et chacun des animaux, jusqu'au plus modeste, s'employa à retourner le foin et à le ramasser. Même les canards et les poules besognèrent au soleil tout au long du jour, transportant dans leur bec, de-ci de-là, de minuscules brins de foin. En fin de compte, la récolte se trouva achevée avec deux jours d'avance sur le temps mis habituellement par Jones et ses hommes. Et, de plus, c'était la plus grosse fenaison qu'ait jamais vue la ferme. Il n'y avait pas la moindre perte : les poules et les canards, avec leur vue acérée[1], avaient collecté[2] jusqu'au moindre brin d'herbe. Et aucun animal n'en avait volé ne serait-ce qu'une bouchée.

Durant tout cet été, le travail à la ferme se déroula sans encombre[3]. Les animaux étaient heureux comme ils n'avaient jamais imaginé pouvoir l'être. Chaque bouchée de nourriture leur procurait le plus vif plaisir, maintenant qu'il s'agissait vraiment de leur propre nourriture, produite par eux-mêmes et pour eux-mêmes, et non pas distribuée à contrecœur par un maître parcimonieux[4]. Maintenant que ces bons à rien de parasites humains étaient partis, chacun avait plus à manger. Malgré leur inexpérience, les animaux avaient aussi plus de temps libre. Ils rencontrèrent de multiples difficultés – par exemple, plus avant dans l'été[5], lorsqu'ils moissonnèrent le blé, ils durent le battre à l'ancienne et user de leur propre souffle pour séparer la balle du grain[6], la ferme ne disposant pas de batteuse –, mais l'ingéniosité des cochons et les muscles prodigieux de Vaillant leur permirent toujours de s'en tirer. Vaillant faisait l'admiration de tous. Déjà du temps de Jones il travaillait dur, mais maintenant il semblait abattre la besogne de trois chevaux à lui tout seul ; certains jours, tout le travail de la ferme paraissait reposer

Notes

1. **acérée** : aiguisée, capable de saisir les détails.
2. **collecté** : ramassé.
3. **sans encombre** : sans incident.
4. **parcimonieux** : particulièrement économe.
5. **plus avant dans l'été** : lorsque l'été fut déjà bien avancé.
6. **séparer la balle du grain** : détacher le grain de l'enveloppe qui l'entoure. Le battage des céréales permet cette opération.

sur ses épaules imposantes. Il poussait et tirait du matin au soir, toujours là où les tâches étaient les plus pénibles. Il s'était mis d'accord avec l'un des coquelets[1] pour qu'il le réveille le matin une demi-heure avant tous les autres; il s'acquittait alors bénévolement des tâches[2] qui semblaient les plus utiles, avant que ne débute le travail habituel de la journée. À chaque problème, à chaque échec, sa réponse était : «Je travaillerai plus dur!» – il l'avait adoptée comme devise.

Cependant, chacun travaillait à la mesure de ses capacités. Les poules et les canards, par exemple, avaient économisé cinq boisseaux[3] de blé lors de la moisson en ramassant les grains épars[4]. Personne ne volait, personne ne ronchonnait à propos de sa ration; les disputes, les remarques cinglantes[5] et la jalousie, autrefois courantes, avaient presque disparu. Personne ne tirait au flanc[6] – enfin, presque. Mollie, il est vrai, avait du mal à se lever le matin; elle savait aussi quitter tôt le travail sous prétexte qu'elle avait une pierre dans son sabot. Et le comportement de la chatte était assez particulier. On remarqua assez vite qu'on ne la trouvait jamais lorsqu'il y avait du travail à faire. Elle disparaissait pendant des heures pour réapparaître au moment des repas ou le soir à la fin de la journée de travail, comme si de rien n'était. Mais elle donnait toujours de si bonnes excuses, et elle ronronnait de façon si affectueuse, qu'il était impossible de mettre en doute ses bonnes intentions. Le vieux Benjamin, l'âne, paraissait égal à lui-même depuis la Révolte. Il faisait son travail de la même manière lente et obstinée qu'autrefois, du temps de Jones, sans jamais se dérober[7] mais sans jamais non plus se porter volontaire pour en faire plus. Il n'exprimait aucun point de vue sur la Révolte et ses conséquences. Lorsqu'on lui demandait s'il n'était pas plus heureux maintenant que Jones

Notes

1. **coquelets** : jeunes coqs.
2. **il s'acquittait [...] des tâches** : effectuait les tâches.
3. **cinq boisseaux** : environ 180 litres.
4. **épars** : dispersés.
5. **cinglantes** : blessantes.
6. **ne tirait au flanc** : ne paressait.
7. **se dérober** : ici, éviter le travail.

était parti, il répondait simplement : « Les ânes ont une longue vie. Aucun de vous n'a jamais vu un âne mort. » Et les autres devaient se contenter de cette réponse énigmatique[1].

On ne travaillait pas le dimanche. On prenait le petit-déjeuner une heure plus tard que d'habitude, et après se déroulait une cérémonie qui se répétait chaque semaine, invariablement. On procédait tout d'abord au lever des couleurs[2]. Nelson avait trouvé dans la sellerie une vieille nappe verte qui avait appartenu à Madame Jones et il avait peint dessus, en blanc, un sabot et une corne[3]. Cette pièce d'étoffe était hissée, tous les dimanches matin, en haut d'un mât dressé dans le jardin de la ferme. Le drapeau de couleur verte, expliquait Nelson, représentait les champs verdoyants d'Angleterre, tandis que le sabot et la corne symbolisaient la future République des Animaux, dont on verrait l'avènement[4] une fois l'espèce humaine définitivement vaincue. Après le lever du drapeau, tous les animaux se retrouvaient en assemblée générale dans la grange : c'était le Meeting. C'est alors qu'était planifié le travail de la semaine à venir et que les propositions étaient soumises et débattues. Les cochons étaient toujours à l'origine de ces propositions. Les autres animaux savaient voter, mais n'élaboraient jamais leurs propres propositions. Lors des débats, Nelson et Napoléon étaient de loin les plus engagés. Mais ces deux-là, avait-on remarqué, n'étaient jamais en accord : si l'un des deux faisait une suggestion, on pouvait être sûr que l'autre s'y opposerait. Même quand la résolution fut prise de réserver le petit paddock[5] derrière le verger comme maison de repos pour les animaux à la retraite – une décision à laquelle personne ne pouvait s'opposer –, il s'ensuivit un débat houleux[6] sur l'âge correct de départ

Notes

1. **énigmatique** : mystérieuse.
2. **lever des couleurs** : fait de hisser le drapeau.
3. Le drapeau peut évoquer la faucille et le marteau du drapeau soviétique.
4. **l'avènement** : l'arrivée au pouvoir.
5. **paddock** : enclos.
6. **houleux** : agité.

à la retraite pour chaque catégorie d'animaux. À la fin du Meeting, on chantait toujours *Animaux d'Angleterre*, et l'après-midi était consacré à la détente.

Les cochons s'étaient réservé la sellerie comme quartier général. Durant les soirées, ils y étudiaient le travail de la forge, la charpenterie et autres techniques indispensables, dans des livres qu'ils avaient rapportés de la ferme. Nelson s'affairait également à organiser les autres animaux en Comités d'Animaux, comme il les nommait. À cette tâche il était infatigable. Il institua, pour les poules, le Comité de production des œufs, pour les vaches, la Ligue pour la propreté des queues, le Comité de rééducation des camarades sauvages (qui avait pour objet d'apprivoiser les rats et les lapins), le Mouvement pour une laine plus blanche, à l'intention des moutons, et d'autres encore, en même temps qu'il ouvrait des classes pour l'apprentissage de la lecture et de l'écriture. La plupart de ces projets furent un échec. La tentative d'apprivoisement des animaux sauvages, par exemple, échoua presque immédiatement. Le comportement de ces animaux restait très semblable à ce qu'il avait toujours été, et lorsqu'on les traitait avec générosité, ils en profitaient tout simplement. La chatte adhéra au Comité de rééducation et y fut très active durant quelques jours. On la vit, un jour, assise sur un toit, en conversation avec quelques moineaux qui se tenaient hors de sa portée. Elle leur expliquait que, dorénavant, tous les animaux étaient camarades et que n'importe quel moineau qui le voulait pouvait venir se poser sur sa patte ; les moineaux gardaient cependant leurs distances.

Les cours de lecture et d'écriture eurent par contre un grand succès. À l'automne presque tous les animaux de la ferme étaient alphabétisés[1], peu ou prou[2].

Quant aux cochons, ils savaient déjà lire et écrire à la perfection. Les chiens apprirent à lire assez bien, mais tout ce qui

Notes

1. **étaient alphabétisés** : avaient appris les premières bases de la lecture.

2. **peu ou prou** : plus ou moins.

les intéressait était de lire les Sept Commandements. Muriel, la chèvre, lisait mieux que les chiens, et il lui arrivait le soir de lire aux autres des bouts de journaux qu'elle dénichait sur le tas d'ordures. Benjamin lisait aussi bien que n'importe quel cochon, mais il ne faisait jamais usage de ses compétences. À son avis, disait-il, rien ne valait la peine d'être lu. Clémence apprit toutes les lettres de l'alphabet, mais elle ne parvenait pas à en faire des mots. Vaillant, lui, n'arrivait pas à aller au-delà de la lettre D. Il traçait au sol le A, le B, le C et le D, du bout de son énorme sabot, puis il regardait fixement les lettres, les oreilles rabattues en arrière, en secouant parfois son toupet[1], et tentait de toutes ses forces de se souvenir de la suite, sans jamais y parvenir. À plusieurs reprises, il réussit bel et bien à retenir le E, le F, le G et le H, mais une fois ces lettres assimilées, on constatait toujours qu'il avait oublié les précédentes. Finalement, il avait décidé de se contenter des quatre premières lettres et avait pris pour habitude de les écrire une ou deux fois par jour de façon à les garder en mémoire. Mollie, elle, refusa d'apprendre plus que les cinq lettres qui composaient son propre nom. Elle les dessinait avec beaucoup de soin au moyen de petites brindilles, puis les décorait avec une fleur ou deux et tournait autour, admirative.

Aucun des autres animaux de la ferme n'était capable d'aller au-delà de la lettre A. On observa également que les animaux les plus stupides, comme les moutons, les poules et les canards, étaient incapables d'apprendre par cœur les Sept Commandements. Après mûre réflexion, Nelson déclara que les Sept Commandements pouvaient, de fait, être ramenés à une seule maxime, à savoir : « Vive les quatre pattes ! À bas les deux pattes ! » On trouvait dans cette formule, disait-il, le principe essentiel de l'Animalisme. Quiconque en avait saisi le sens profond était à l'abri de toute influence humaine. Dans un premier temps, les

Note

1. **toupet** : petite touffe de crins en haut de la crinière.

oiseaux protestèrent, car il leur semblait qu'eux aussi avaient deux pattes, mais Nelson leur prouva qu'il n'en était rien.

«Une aile d'oiseau, camarades, expliqua-t-il, est un organe de propulsion et non de préhension[1]. Il faut donc la considérer comme une patte. La marque distinctive de l'homme est *la main*, l'outil avec lequel il commet tous ses méfaits.»

Les oiseaux ne comprenaient pas les mots à rallonge qu'employait Nelson, mais ils acceptèrent ses explications, et tous les animaux les plus modestes se mirent au travail pour apprendre par cœur la nouvelle maxime. «Vive les quatre pattes! À bas les deux pattes!» était inscrit sur le mur du fond de la grange principale, au-dessus des Sept Commandements, et en lettres encore plus grandes. Lorsqu'ils l'eurent apprise par cœur, les moutons trouvèrent la formule tout à fait à leur goût, et souvent, lorsqu'ils étaient au repos dans le pré, ils se mettaient tous à bêler : «Vive les quatre pattes! À bas les deux pattes! Vive les quatre pattes! À bas les deux pattes!» et continuaient ainsi durant des heures, sans jamais se lasser.

Napoléon n'accordait aucun intérêt aux comités de Nelson. Selon lui, l'éducation des jeunes était plus importante que tout ce qui pouvait être fait en direction des adultes. Il se trouva que Jo et Chipie, peu après la récolte du foin, avaient à elles deux donné naissance à neuf chiots vigoureux. Dès qu'ils furent sevrés[2], Napoléon les enleva à leurs mères en affirmant qu'il assumerait lui-même leur éducation. Il les emmena dans un grenier auquel on ne pouvait accéder que par une échelle dressée dans la sellerie, et les garda dans un tel isolement que bientôt le reste de la ferme eut oublié leur existence.

Le mystère de la disparition du lait fut bientôt résolu. Il était mélangé tous les jours à la pâtée des cochons. Les pommes précoces étaient maintenant mûres, et l'herbe du verger était parsemée de celles que le vent avait fait tomber. Pour les animaux,

Notes

1. **préhension** : action de prendre (ici, avec la main).

2. **sevrés** : capables de vivre sans le lait de leur mère.

il allait de soi que ces fruits seraient partagés équitablement[1]; pourtant, un jour, l'ordre fut donné de ramasser toutes les pommes tombées au sol et de les porter à la sellerie, à l'usage des cochons. Des murmures s'élevèrent alors parmi les autres animaux, mais en vain. Tous les cochons étaient en complet accord sur ce point, même Nelson et Napoléon. On envoya Couineur donner aux autres les explications nécessaires.

« Camarades ! s'écria-t-il. Vous n'imaginez pas, j'espère, que nous autres, cochons, faisons cela par égoïsme ou pour en retirer quelque avantage ? Beaucoup d'entre nous n'apprécient ni le lait ni les pommes. C'est d'ailleurs mon cas. Notre seul objectif en prenant ces denrées est de préserver notre santé. Le lait et les pommes (cela a été prouvé par la Science, camarades) contiennent des substances absolument essentielles au bien-être des cochons. Nous, les cochons, sommes des travailleurs intellectuels. La gestion et l'organisation de cette ferme dépendent entièrement de nous. Nous veillons nuit et jour sur votre prospérité. C'est pour *votre* bien que nous buvons ce lait et mangeons ces pommes. Savez-vous ce qui se passerait si nous, les cochons, manquions à notre devoir ? Jones reviendrait ! Oui, Jones reviendrait ! C'est certain, camarades », s'écria Couineur sur un ton presque suppliant, en sautillant de côté et d'autre et en remuant la queue. « Je suis convaincu qu'aucun d'entre vous ne veut voir revenir Jones, n'est-ce pas ? »

Or, s'il y avait une chose dont les animaux étaient absolument certains, c'est qu'ils ne voulaient pas que Jones revienne. Lorsqu'on leur présentait la réalité sous cet angle, ils n'avaient plus rien à dire. L'importance qu'il y avait à garder les cochons en bonne santé n'était que trop évidente. Et donc il fut convenu, sans qu'on ait à en discuter plus avant, que le lait et les pommes tombées au sol (et aussi la récolte principale lorsque les pommes seraient mûres) seraient réservés aux seuls cochons.

Note

1. **équitablement** : de façon juste.

Planche extraite de *La Ferme des animaux*, bande dessinée d'après le roman de George Orwell, publiée en créole en 1951 par la CIA et le Foreign Office (traduction française de 2016).

L'objectif de cette publication était de lutter contre le succès du modèle communiste à travers le monde.

LA QUESTION DES FRONTIÈRES
« L'un d'entre nous doit être fou ! »
Caricature de Hitler et Staline habillés en Napoléon.
Lithographie, 1939.

Au fil du texte

Questions sur le chapitre 3 (lignes 111 à 241)

Que s'est-il passé entre-temps ?

1 Placez les événements dans l'ordre chronologique.

a) Nelson écrit les sept commandements.

b) Jones et ses employés sont chassés de la ferme.

c) Jones boit plus que de raison au *Lion rouge.*

d) Le Vétéran meurt.

e) Les animaux se réunissent dans le plus grand secret.

f) Madame Jones quitte la ferme.

g) L'inscription « Ferme du Manoir » est remplacée par « Ferme des Animaux ».

h) Le lait a disparu.

2 Pourquoi les cochons sont-ils des meneurs ? Travaillent-ils comme les autres dans la Ferme des Animaux ? Lesquels parmi eux se distinguent ?

3 Quel animal est présenté comme un excellent orateur ?

4 Comment se nomme le système de pensée que les cochons veulent appliquer ? Quel animal, hormis les cochons, s'investit le plus dans la Ferme des Animaux ? Quelle est sa devise ?

5 Relevez deux phrases qui montrent que les animaux sont heureux dans la ferme qu'ils dirigent eux-mêmes.

6 Quel drapeau les animaux ont-ils choisi ? Que signifie-t-il ?

7 Quels animaux n'adhèrent pas pleinement au projet ? Pourquoi ?

Avez-vous bien lu ?

8 Choisissez la bonne réponse pour chaque proposition.

a) Les cochons établissent leur quartier général

- ❑ dans l'étable au milieu des vaches.
- ❑ dans le fenil.
- ❑ dans la sellerie.

b) Les Comités d'animaux sont organisés par

- ❑ Napoléon.
- ❑ Nelson.
- ❑ Couineur.

c) Napoléon a enlevé aux chiennes leurs petits pour

- ❑ les faire travailler dans les champs.
- ❑ les éduquer lui-même.
- ❑ les vendre aux fermiers voisins.

9 À quel slogan les sept commandements sont-ils réduits ?

10 À quel animal Napoléon s'oppose-t-il ? Justifiez votre réponse en relevant une phrase. À quel sujet les deux ennemis se montrent-ils d'accord ?

Étudier le pouvoir de la parole

11 Quels orateurs s'expriment dans le passage ? Lequel parvient aisément à se faire comprendre ? Justifiez votre réponse.

L'art d'emporter l'adhésion du public

- Choisir un lexique et des arguments adaptés au public ;
- Recourir à des procédés de rhétorique pour capter l'attention ;
- Maîtriser l'oral : le ton, la gestuelle.

12 Dans le second discours (lignes 210 à 226), quels sont les différents arguments employés par l'orateur pour justifier la position des cochons ? Quels sentiments l'orateur exploite-t-il chez son public ?

13 Commentez la phrase *« C'est pour* votre *bien que nous buvons ce lait et mangeons ces pommes »*. Que veut montrer George Orwell ?

14 Quels procédés grammaticaux et stylistiques l'orateur emploie-t-il pour toucher son auditoire ?

15 Que sait-on du second discours et de la gestuelle qui l'accompagne ?

ÉTUDIER LA RÉFLEXION SUR LA SOCIÉTÉ

16 Quel niveau de lecture les animaux ont-ils atteint ? Quel message l'auteur veut-il transmettre ?

Voix active et voix passive

- À la **voix active**, le sujet effectue l'action. Ex. : *On/ Le public applaudit l'orateur.*
- À la **voix passive**, le sujet subit l'action. C'est le complément d'agent, quand il y en a un, qui agit. Ex. : *L'orateur est applaudi (par le public).*

17 Relevez les verbes à la voix passive en précisant leur mode et leur temps (lignes 199 à 209). Sait-on qui effectue l'action ? Quelle est l'impression produite ?

18 Comment la société des animaux est-elle organisée ? Est-elle fidèle aux principes du Vétéran ? Quels dangers la menacent, selon vous ?

Lire l'image

19 Quels épisodes du récit l'extrait de la bande dessinée page 44 illustre-t-il ? Quelles réactions des animaux à l'autorité des cochons présente-t-il ?

20 Quels signes permettent de reconnaître Staline et Hitler dans la caricature de la page 45 ? En quoi les deux personnages ressemblent-ils à l'empereur Napoléon ? Quelle est l'intention du dessinateur ?

À vos plumes !

21 Imaginez que, une fois le mystère du lait résolu, la chèvre Muriel prenne la parole pour critiquer le comportement des cochons et répondre au discours de Couineur.

22 Écrivez, pour le journal de votre collège, un éditorial d'une vingtaine de lignes invitant vos camarades à garder un sens critique lorsqu'ils écoutent un discours.

Chapitre 4

Vers la fin de l'été, la nouvelle des événements survenus à la Ferme des Animaux s'était propagée dans une bonne moitié du comté[1]. Tous les jours, Nelson et Napoléon faisaient partir des vols de pigeons [2]qui avaient pour instruction de se mêler aux animaux des fermes avoisinantes, de leur raconter l'histoire de la Révolte et de leur apprendre l'air d'*Animaux d'Angleterre.*

Toute cette période, M. Jones l'avait passée pour l'essentiel au comptoir du Lion rouge, à Willingdon, à se plaindre à qui voulait l'entendre de l'injustice monstrueuse dont il avait pâti[3] en étant chassé de sa propriété par une bande de bons à rien d'animaux. Les autres fermiers compatissaient[4] par principe, mais ne lui apportèrent dans un premier temps qu'une aide limitée. Chacun d'eux, au fond de lui-même, se demandait secrètement s'il ne pourrait pas tourner l'infortune[5] de Jones à son avantage. Par chance, les propriétaires des deux fermes voisines de la Ferme des Animaux étaient constamment en mauvais termes. L'une de ces exploitations – la ferme du Boisrenard – était une grande ferme vieillotte et mal entretenue, envahie par les bois, dont les pâtures[6] étaient épuisées et les haies en piètre[7] condi-

Notes

1. **comté** : ici, partie d'une région.
2. Les pigeons, dressés pour cela, ont longtemps été utilisés pour transmettre des messages.
3. **pâti** : souffert.
4. **compatissaient** : le plaignaient.
5. **l'infortune** : le malheur.
6. **pâtures** : prairies où peuvent paître les animaux.
7. **piètre** : mauvaise.

tion. Son propriétaire, M. Pilkington[1], était un gentleman-farmer[2] décontracté qui passait le plus clair de son temps à pêcher ou à chasser, selon la saison. L'autre ferme, dite Pré Pincettes, était plus petite et mieux tenue. Son propriétaire, un certain M. Frederick[3], était un homme dur et retors[4], constamment impliqué dans des affaires judiciaires et réputé âpre[5] négociateur. L'aversion[6] entre ces deux hommes était telle qu'il leur était difficile de parvenir à un quelconque accord, même pour défendre des intérêts communs.

Néanmoins, tous deux étaient épouvantés par la révolte de la Ferme des Animaux, et très soucieux d'éviter que leurs propres animaux en apprennent trop à ce sujet. Dans un premier temps, ils faisaient semblant de railler[7] l'idée d'animaux dirigeant eux-mêmes une ferme. Toute l'histoire serait terminée dans une quinzaine, disaient-ils. Ils firent courir le bruit que les animaux de la Ferme du Manoir (ils insistaient pour la nommer « Ferme du Manoir » ; ils ne supportaient pas le nom de « Ferme des Animaux ») ne cessaient de se quereller et aussi qu'ils allaient rapidement mourir de faim. Le temps passant et les animaux n'étant manifestement pas morts de faim, Frederick et Pilkington changèrent de discours et commencèrent à parler de la terrible vilenie[8] qui prospérait à la Ferme des Animaux. Les animaux, paraît-il, y pratiquaient le cannibalisme, se torturaient les uns les autres avec des fers à cheval chauffés au rouge[9], et se partageaient les femelles. Voilà ce qu'il advenait lorsqu'on s'insurgeait contre les lois de la Nature, disaient Frederick et Pilkington.

Notes

1. **Pilkington** : ce personnage peut évoquer Churchill alors Premier ministre en Grande-Bretagne.
2. **gentleman-farmer** : fermier de condition sociale aisée.
3. **Frederick** : ce personnage pourrait représenter Hitler.
4. **retors** : rusé, manquant de franchise.
5. **âpre** : rude et intéressé, sans bienveillance ni modération.
6. **aversion** : haine.
7. **railler** : se moquer de.
8. **vilenie** : grossièreté.
9. **chauffés au rouge** : chauffés au point que le fer devient rouge.

Toutefois, on accordait peu de crédit à[1] ces histoires. Les rumeurs d'une ferme merveilleuse, d'où les êtres humains avaient été chassés et où les animaux administraient leurs propres affaires, continuaient à circuler sous des formes confuses et déformées, et, durant toute cette année, une onde de révolte se répandit à travers la campagne. Des taureaux jusque-là dociles devenaient violents, des moutons enfonçaient les haies et dévoraient les champs de trèfle, des vaches renversaient le seau de la traite, des chevaux de chasse rétifs[2] refusaient l'obstacle et envoyaient valser leur cavalier de l'autre côté. Et surtout, l'air et même les paroles d'*Animaux d'Angleterre* étaient connus en tous lieux. L'hymne s'était propagé à une vitesse étonnante. Les humains contenaient difficilement leur rage lorsqu'ils l'entendaient, même si, pour eux, il ne s'agissait là que d'une chansonnette ridicule. Ils ne comprenaient même pas, disaient-ils, comment les animaux eux-mêmes pouvaient en venir à chanter des inepties[3] aussi méprisables. Tout animal surpris à chanter cet air recevait immédiatement des coups de fouet. Et cependant l'hymne était irrépressible[4]. Les merles le sifflaient dans les haies, les pigeons le roucoulaient dans les ormes[5], on l'entendait dans le vacarme des forges et dans la sonnerie des cloches. Et quand les humains lui prêtaient l'oreille, ils tremblaient secrètement, y percevant la prédiction[6] de leur condamnation future.

Aux premiers jours d'octobre, le blé étant coupé et mis en javelles[7] et même pour partie déjà battu[8], un vol de pigeons arriva en tournoyant dans le ciel et se posa dans la cour de la Ferme des Animaux dans l'excitation la plus folle. Jones et tous ses hommes, plus une demi-douzaine d'autres du Boisrenard et

Notes

1. **on accordait peu de crédit à** : on ne croyait pas vraiment à.
2. **rétifs** : refusant les contraintes.
3. **inepties** : sottises.
4. **irrépressible** : impossible à réprimer.
5. **ormes** : espèce d'arbres.
6. **la prédiction** : l'annonce.
7. **javelles** : petits tas de céréales moissonnées.
8. **battu** : soumis au battage qui a permis de détacher les grains.

de Pré Pincettes, avaient poussé la barrière à cinq traverses et remontaient le chemin carrossable menant à la ferme. Ils étaient tous armés de bâtons, à l'exception de Jones qui marchait en tête un fusil entre les mains. De toute évidence ils allaient essayer de reprendre la ferme.

Cela avait été prévu de longue date et tous les préparatifs avaient été faits. Nelson, qui avait étudié un vieil ouvrage sur les campagnes de Jules César, qu'il avait trouvé dans la ferme, dirigeait les opérations défensives. Il donna rapidement ses ordres, et quelques minutes plus tard, tous les animaux étaient à leur poste.

Nelson lança la première attaque au moment où les humains s'approchaient des bâtiments de la ferme. Tous les pigeons, au nombre de trente-cinq, se mirent à voleter au-dessus des hommes en lâchant leurs déjections[1] au passage; et tandis qu'ils essayaient de s'en protéger, les oies, qui s'étaient cachées derrière la haie, jaillirent de leur cachette et s'employèrent à leur donner de féroces coups de bec dans les mollets. Mais ce n'était là qu'une petite manœuvre de diversion destinée à semer la pagaille, et les hommes n'eurent aucun mal à chasser les oies à coups de bâton. Nelson lança alors son deuxième assaut. Muriel, Benjamin et tous les moutons, avec Nelson à leur tête, se ruèrent en avant, assaillant les hommes et leur portant des coups en tous sens, tandis que Benjamin se retournait et les harcelait de ses petits sabots. Mais là encore, les hommes, armés de leurs bâtons et de leurs chaussures à clous, se montrèrent trop forts pour eux; et soudain, Nelson ayant donné le signal de la retraite[2] – un couinement perçant –, tous les animaux firent volte-face, franchirent le portail et se précipitèrent dans la cour.

Les hommes poussèrent un cri de triomphe. Ils crurent voir l'ennemi mis en déroute[3] et se jetèrent en désordre à sa pour-

Notes

1. **déjections** : excréments; les pigeons sont souvent élevés pour leurs déjections utilisées comme engrais.

2. **retraite** : repli, retour en arrière.

3. **mis en déroute** : vaincu, obligé de s'en aller.

suite. C'est précisément ce que Nelson avait prévu. Dès qu'ils eurent pénétré bien avant dans la cour, les trois chevaux, les trois vaches et tous les autres cochons, qui étaient restés en embuscade[1] dans l'étable, firent soudain leur apparition sur leurs arrières, leur coupant la retraite[2]. C'est alors que Nelson donna le signal de l'attaque. Lui-même fonça droit sur Jones. Ce dernier le vit venir, leva son fusil et tira. Les plombs creusèrent des sillons sanguinolents sur le dos de Nelson, et un mouton tomba mort. Sans interrompre sa course un instant, Nelson jeta ses quatre-vingt-quinze kilos contre les jambes de Jones. Le fermier fut projeté sur un tas de fumier et son fusil lui échappa des mains. Mais c'est Vaillant qui offrait le spectacle le plus terrifiant : cabré sur ses postérieurs[3], il projetait en l'air ses grands sabots ferrés, comme un étalon. Le premier coup atteignit sur le crâne un garçon d'écurie du Boisrenard, l'allongeant inerte dans la boue. Voyant cela, plusieurs hommes lâchèrent leur bâton et voulurent s'enfuir. La panique s'empara d'eux et l'instant suivant tous les animaux les poursuivaient dans toute la cour. Ils reçurent des coups de corne et des coups de sabot, ils furent mordus et piétinés. Chaque animal de la ferme se vengea d'eux à sa manière. Même la chatte bondit soudainement d'un toit sur les épaules d'un vacher[4] et lui enfonça ses griffes dans le cou, ce qui le fit hurler horriblement. Lorsque l'occasion se présenta, les hommes ne furent que trop heureux de se ruer hors de la cour et de déguerpir jusqu'à la grand-route. Et donc, cinq minutes après le début de leur invasion, les voilà qui fuyaient ignominieusement[5] sur le chemin qu'ils avaient pris pour venir, un troupeau d'oies sifflantes à leurs trousses leur becquetant[6] les mollets.

Notes

1. **en embuscade** : cachés et prêts à intervenir.
2. **leur coupant la retraite** : les empêchant de fuir.
3. **postérieurs** : pattes arrière.
4. **vacher** : personne qui prend soin des vaches.
5. **ignominieusement** : honteusement.
6. **becquetant** : donnant des coups de bec sur.

Tous les hommes avaient fui, à l'exception d'un seul. De retour dans la cour, Vaillant tâta de son sabot le garçon d'écurie à plat ventre dans la boue, et essaya de le retourner. Le garçon n'avait aucune réaction.

« Il est mort, dit Vaillant, consterné. Je ne voulais pas faire ça. J'ai oublié que mes sabots étaient ferrés. Personne ne croira que je ne l'ai pas fait exprès !

— Pas de sensiblerie, camarade ! s'écria Nelson, et du sang coulait de ses blessures. La guerre est la guerre. Le seul bon être humain est un humain mort.

— Je ne souhaite pas prendre la vie, pas même la vie humaine, répéta Vaillant, et ses yeux étaient emplis de larmes.

— Où est Mollie ? » s'exclama quelqu'un.

De fait, Mollie avait disparu. Durant un moment, l'inquiétude fut vive ; on craignait que les hommes ne lui aient fait du mal d'une manière ou d'une autre, ou même qu'ils l'aient emmenée avec eux. Mais finalement on la trouva cachée dans son box, la tête dans le foin de sa mangeoire. Elle avait pris la fuite dès qu'elle avait entendu la décharge du fusil. Et quand les autres s'en retournèrent après l'avoir cherchée, ils constatèrent que le garçon d'écurie, qui en fait était seulement étourdi, avait déjà repris ses esprits et pris la fuite.

Les animaux s'étaient maintenant rassemblés, au comble de[1] l'excitation, et chacun racontait haut et fort ses propres exploits au combat. On célébra spontanément la victoire. On hissa les couleurs et on entonna *Animaux d'Angleterre* à plusieurs reprises. Puis le mouton qui avait perdu la vie reçut des funérailles solennelles et un buisson d'aubépine[2] fut planté sur sa tombe. Devant la sépulture, Nelson fit un petit discours où il soulignait que tous les animaux devaient être prêts à mourir pour la Ferme des Animaux s'il le fallait.

Notes

1. **au comble de** : au sommet de.

2. **aubépine** : sorte de rosier sauvage.

À l'unanimité, les animaux décidèrent de créer une décoration militaire, « Animal héros militaire, première classe », qui fut conférée sur-le-champ à Nelson et à Vaillant. Il s'agissait d'une médaille de bronze (on avait en effet trouvé quelques vieux médaillons de bronze dans la sellerie) à porter le dimanche et pendant les vacances. Une autre décoration, « Animal héros militaire, seconde classe », fut décernée au mouton mort, à titre posthume[1].

On discuta longuement pour savoir quel nom attribuer à la bataille. On choisit finalement la Bataille de l'Étable, puisque c'est là que l'embuscade avait été tendue. On retrouva le fusil de M. Jones dans la boue, et on savait qu'il y avait des réserves de cartouches dans la ferme. On décida de dresser l'arme au pied du mât des couleurs, comme une pièce d'artillerie, et de tirer un coup de fusil deux fois par an – une fois le 12 du mois d'octobre, date anniversaire de la Bataille de l'Étable, et une autre fois le jour de la Saint-Jean, pour l'anniversaire de la Révolte.

Note

1. **à titre posthume** : après sa mort. On honore un héros mort en lui décernant une décoration posthume.

Chapitre 5

À l'approche de l'hiver, l'attitude de Mollie devint de plus en plus problématique. Tous les matins elle arrivait en retard au travail ; en guise d'excuse elle disait qu'elle ne s'était pas réveillée, et elle se plaignait de mystérieuses douleurs, malgré un appétit excellent. Elle abandonnait son travail sous n'importe quel prétexte pour aller boire à l'étang, où elle se tenait comme une idiote à contempler son reflet dans l'eau. Mais selon certaines rumeurs, il y avait plus sérieux. Un jour que Mollie flânait dans la cour avec insouciance en faisant voltiger sa queue et en mâchonnant une paille, Clémence la prit à part.

« Mollie, dit-elle, il faut que je te parle très sérieusement. Je t'ai vue ce matin regarder par-dessus la haie qui sépare la Ferme des Animaux du Boisrenard. L'un des hommes de M. Pilkington se tenait de l'autre côté de la haie. Et – j'étais assez éloignée, mais je suis quasiment certaine de ce que j'ai vu – il te parlait et tu le laissais te caresser le front. Qu'est-ce que ça veut dire, Mollie ?

— Mais non, pas du tout ! C'est faux ! s'écria Mollie, et elle commença à caracoler[1] et à piaffer[2].

— Mollie ! Regarde-moi. Peux-tu me donner ta parole d'honneur que cet homme ne te caressait pas le front ?

Notes

1. **caracoler** : sauter à droite et à gauche (pour un cheval).

2. **piaffer** : pour un cheval, frapper le sol avec ses sabots sans avancer ; c'est un signe d'énervement ou d'impatience.

— C'est faux!» répéta Mollie, mais elle ne pouvait pas soutenir le regard de Clémence, et l'instant d'après elle détalait et partait au galop dans le champ.

Une pensée traversa l'esprit de Clémence. Sans rien dire aux autres, elle se rendit jusqu'au box de Mollie et, de son sabot, en retourna la paille. Une petite pile de morceaux de sucre et plusieurs paquets de rubans de différentes couleurs étaient cachés sous la paille.

Trois jours plus tard, Mollie disparut. Pendant plusieurs semaines on n'eut aucune idée de l'endroit où elle se trouvait, puis les pigeons signalèrent l'avoir vue de l'autre côté du village de Willingdon. Elle était attelée à une élégante charrette rouge et noire qui stationnait devant un pub[1]. Un gros homme rougeaud portant des pantalons à carreaux et des guêtres[2], ressemblant à un patron de pub, lui caressait le front et lui donnait du sucre à manger. Sa robe était tondue de frais et un ruban écarlate enserrait son toupet. Elle paraissait très contente, au dire des pigeons. Aucun des animaux ne mentionna plus jamais Mollie.

Au mois de janvier, on connut une période de froid mordant[3]. La terre était dure comme du bois, et il était impossible de travailler dans les champs. De nombreuses réunions eurent lieu dans la grange, et les cochons s'employaient à planifier le travail de la saison à venir. On en était venu à accepter que les cochons, manifestement les plus intelligents des animaux, prennent toutes les décisions concernant l'administration de la ferme; cependant ces décisions devaient être ratifiées[4] par un vote à la majorité. Cette organisation aurait été tout à fait satisfaisante s'il n'y avait pas eu les disputes entre Nelson et Napoléon. Ces deux-là se querellaient en toute occasion. Si l'un

Notes

1. **pub** : café en Angleterre, lieu de rencontre des habitués.
2. **guêtres** : enveloppes de cuir ou de toile qui entourent le haut de la chaussure et le bas de la jambe.
3. **froid mordant** : froid vif.
4. **ratifiées** : validées conformément à la procédure (pour une loi, un traité).

suggérait d'ensemencer[1] une plus grande superficie en orge[2], alors l'autre ne manquait pas de proposer une plus grande superficie en avoine, et si l'un affirmait que tel champ convenait parfaitement à la culture des choux, l'autre déclarait que seules des betteraves pouvaient y être plantées. Chacun avait ses partisans et certains débats étaient extrêmement vifs. Lors des Meetings, Nelson se ralliait souvent la majorité grâce à ses brillants discours, mais Napoléon savait mieux s'assurer des soutiens dans l'intervalle. Il avait notamment beaucoup de succès auprès des moutons. Ces derniers temps, les moutons avaient pris l'habitude de bêler « Vive les quatre pattes ! À bas les deux pattes ! », à propos comme hors de propos[3], interrompant ainsi le Meeting en mainte occasion[4]. C'est à certains moments déterminants des discours de Nelson, avait-on remarqué, qu'ils avaient notamment tendance à entonner brusquement le slogan. Nelson avait fait une étude approfondie de quelques anciens numéros de la revue *Le Fermier et l'Éleveur* qu'il avait dénichés dans la ferme, et il avait en tête toute une série d'innovations et de perfectionnements. Il discourait très savamment du drainage[5] des champs, de l'ensilage[6] et des scories potassiques[7], et avait mis au point un projet complexe selon lequel tous les animaux devaient déposer leurs déjections directement dans les champs, chaque jour en un endroit différent, de façon à s'épargner le travail de transport. Napoléon n'élaborait aucun projet particulier, affirmait tranquillement que ceux de Nelson n'aboutiraient à rien, et semblait

Notes

1. **ensemencer** : semer, planter des semences.
2. **orge, avoine** : sortes de céréales souvent employées pour l'alimentation animale.
3. **hors de propos** : sans rapport avec le sujet.
4. **en mainte occasion** : souvent.
5. **drainage** : fait de faciliter l'écoulement de l'eau dans un terrain trop humide.
6. **ensilage** : fait de déposer la récolte dans des réservoirs (les silos) pour la conserver.
7. **scories potassiques** : sorte d'engrais.

attendre son heure. Mais de toutes leurs controverses[1], aucune ne dépassa en âpreté[2] celle qui concerna le moulin à vent.

Dans le grand pâturage, non loin des bâtiments de la ferme, un petit monticule marquait le point le plus élevé de la propriété. Après avoir inspecté les lieux, Nelson déclara que l'endroit convenait parfaitement à l'implantation d'un moulin à vent, qui pourrait fournir l'énergie nécessaire au fonctionnement d'un générateur et approvisionner la ferme en électricité. Celle-ci donnerait la possibilité d'éclairer box et écuries et aussi de les chauffer en hiver ; elle permettrait également de faire fonctionner une scie circulaire, un hache-paille, une trancheuse de betteraves et une trayeuse électrique. Les animaux n'avaient jamais entendu parler de tout cela (c'était une ferme à l'ancienne qui ne possédait que les équipements les plus rudimentaires), et ils écoutaient, ébahis[3], tandis que Nelson évoquait les machines extraordinaires qui feraient leur travail à leur place tandis qu'ils s'emploieraient à paître tranquillement ou à s'enrichir l'esprit par la lecture et la conversation.

Dans les semaines qui suivirent, Nelson mena à bien les plans du moulin à vent. Les détails mécaniques provenaient pour l'essentiel de trois ouvrages qui avaient appartenu à M. Jones – *Mille Choses utiles à faire dans la maison*, *Soyez votre propre maçon* et *L'Électricité pour débutants*. Nelson avait pris pour bureau une remise où des couveuses[4] avaient été installées par le passé et dont le plancher, lisse et uniforme, convenait parfaitement pour dessiner des plans. Il s'y enfermait pendant de longues heures. Ses livres maintenus ouverts au moyen d'une pierre, un morceau de craie serré entre les jointures de sa patte, il se déplaçait prestement[5] de-ci de-là, traçant ligne après ligne et poussant

Notes

1. **controverses** : discussions dans lesquelles s'affrontent des positions contraires.
2. **âpreté** : agressivité.
3. **ébahis** : étonnés.
4. **couveuses** : machines destinées à maintenir les œufs au chaud jusqu'à la naissance des poussins.
5. **prestement** : rapidement.

de petits cris d'excitation. Les plans se muèrent[1] peu à peu en un ensemble complexe de manivelles et de roues dentées, qui couvrait plus de la moitié du plancher et que les autres animaux trouvaient totalement incompréhensible mais très impressionnant. Tous venaient voir les schémas de Nelson au moins une fois par jour. Même les poules et les canards lui rendaient visite, et les volatiles avaient bien du mal à ne pas poser leurs pattes sur les inscriptions à la craie. Seul Napoléon restait à l'écart. Dès le début il s'était déclaré hostile au moulin à vent. Un jour, cependant, il se présenta à l'improviste[2] pour examiner les plans. Il fit le tour de la remise d'un pas lourd, examina les plans dans le détail et les flaira une ou deux fois, avant de les considérer un moment du coin de l'œil ; puis soudain il leva la patte, urina dessus et ressortit sans proférer[3] un mot.

La question du moulin à vent divisa profondément tous les habitants de la ferme. Nelson ne cachait pas que sa construction serait une affaire complexe. Il serait nécessaire de transporter des pierres et d'édifier des murs, puis de fabriquer les voiles[4] ; et ensuite on aurait besoin d'un générateur et de câbles. (Nelson ne disait mot sur la façon de se procurer ce matériel.) Mais il assurait que tout pouvait être achevé en l'espace d'un an. Et par la suite, affirmait-il, on épargnerait une telle somme de travail que les animaux n'auraient plus besoin de travailler que trois jours par semaine. Napoléon, lui, soutenait que le plus urgent était d'augmenter la production alimentaire et que s'ils perdaient leur temps à la construction du moulin à vent, ils mourraient tous de faim. Les animaux se divisèrent en deux clans dont les slogans étaient respectivement « Votez pour Nelson et la semaine de trois jours » et « Votez pour Napoléon et la mangeoire pleine ». Benjamin fut le seul à ne pas prendre parti. Il refusait de croire que la nourriture serait plus abondante, ou

Notes

1. **se muèrent** : se transformèrent.
2. **à l'improviste** : sans prévenir.
3. **proférer** : dire.
4. Les voiles sont destinées aux ailes du moulin.

que le moulin à vent épargnerait du travail. Moulin à vent ou pas, disait-il, la vie suivrait son cours comme elle l'avait toujours fait – c'est-à-dire mal.

Outre les querelles concernant le moulin à vent, il y avait la question de la défense de la ferme. On se rendait parfaitement compte que si les humains avaient été mis en déroute lors de la Bataille de l'Étable, ils pouvaient fort bien faire une nouvelle tentative, peut-être plus déterminée, pour reconquérir la ferme et y réinstaller M. Jones. Et ils avaient d'autant plus de raisons de le faire que la nouvelle de leur défaite s'était répandue à travers la campagne et avait rendu les animaux des fermes avoisinantes[1] plus nerveux que jamais. Comme d'habitude, Nelson et Napoléon étaient en désaccord. Selon Napoléon, les animaux devaient se procurer des armes à feu et s'entraîner à leur maniement. Nelson, lui, pensait qu'il fallait envoyer de plus en plus de pigeons pour pousser à la révolte les animaux des autres fermes. L'un soutenait que s'ils n'étaient pas capables de se défendre, ils seraient inévitablement vaincus, l'autre maintenait que si des soulèvements se produisaient partout, ils n'auraient pas besoin de se défendre. Les animaux écoutèrent d'abord Napoléon, puis Nelson, mais ils ne parvenaient pas à savoir lequel avait raison ; à vrai dire, ils étaient toujours en accord avec celui qui parlait en dernier.

Enfin arriva le jour où les plans de Nelson furent achevés. Le dimanche suivant, lors du Meeting, la question de savoir si on commençait ou non la construction du moulin à vent devait être mise aux voix. Lorsque les animaux furent réunis dans la grange, Nelson se leva et, malgré des interruptions occasionnelles dues aux bêlements des moutons, exposa les raisons pour lesquelles il était en faveur de la construction du moulin à vent. Puis Napoléon se leva pour répondre. Il déclara très calmement que le moulin à vent était une absurdité, il ne conseillait à per-

Note

1. **avoisinantes :** des alentours.

sonne de voter pour sa construction, puis il se rassit immédiatement. Il avait parlé trente secondes à peine et paraissait presque indifférent à l'effet qu'il avait pu produire. Sur quoi Nelson bondit sur ses pieds, et, couvrant de la voix les moutons qui s'étaient remis à bêler, il s'engagea dans un vibrant plaidoyer[1] en faveur du moulin. Jusque-là, les sympathies des animaux avaient été réparties à peu près à parts égales, mais en un rien de temps l'éloquence de Nelson les subjugua[2]. En phrases flamboyantes[3], il brossa le tableau de la Ferme telle qu'elle pourrait être lorsque les épaules des animaux se trouveraient débarrassées du poids sordide du travail. Son imagination débordait maintenant bien au-delà des hache-paille et des trancheuses de betteraves. L'électricité, expliqua-t-il, outre qu'elle permettait de faire fonctionner batteuses, charrues, herses[4], rouleaux, moissonneuses et lieuses[5], alimenterait chaque box avec son propre éclairage, son eau chaude et froide et le chauffage électrique. Lorsqu'il eut achevé son discours, il n'y avait aucun doute sur l'issue du vote. Mais juste à ce moment-là, Napoléon se leva et, jetant un étrange regard en coin à Nelson, émit une sorte de gémissement aigu que personne ne lui avait jamais entendu.

Là-dessus, un terrible hurlement se fit entendre à l'extérieur et neuf énormes chiens munis de colliers cloutés pénétrèrent dans la grange en bondissant. Ils se précipitèrent sur Nelson qui n'eut que le temps d'abandonner sa place pour échapper à leurs mâchoires menaçantes. Un instant plus tard il quittait la grange, les chiens sur les talons. Trop surpris et trop effrayés pour parler, tous les animaux franchirent la porte en se bousculant pour assister à la poursuite. Nelson filait à travers le grand pâturage menant à la grand-route. Il courait comme seul un cochon peut

Notes

1. **plaidoyer** : discours destiné à défendre une idée.
2. **les subjugua** : les fascina au point de remporter leur adhésion.
3. **flamboyantes** : riches, éblouissantes.
4. **herses** : instruments destinés à labourer la terre.
5. **lieuses** : machines utilisées pour lier les gerbes de céréales récoltées.

courir, mais les chiens le suivaient de près. Soudain il dérapa et ils ne pouvaient que le rattraper, se dit-on. Mais déjà il était sur ses pattes, courant plus vite que jamais, et de nouveau les chiens gagnaient du terrain. L'un d'eux était sur le point de refermer ses mâchoires sur la queue de Nelson, mais celui-ci réussit à la soustraire juste à temps. Puis, d'un ultime coup de reins – il n'avait plus que quelques centimètres d'avance – il se faufila au travers d'un trou dans la haie et disparut.

Silencieux, terrifiés, les animaux regagnèrent furtivement[1] la grange. Et bientôt les chiens s'en revinrent en bondissant. Dans un premier temps, personne ne savait d'où venaient ces bêtes; mais le problème fut rapidement résolu : il s'agissait des chiots que Napoléon avait soustraits à leurs mères et élevés secrètement. Ils n'avaient pas encore atteint leur taille adulte, mais ils étaient déjà gigantesques et aussi féroces d'aspect que des loups. Ils suivaient Napoléon de près. Et on observa qu'en sa présence ils remuaient la queue comme les autres chiens l'avaient fait en présence de M. Jones.

Napoléon, les chiens sur ses talons, grimpa alors sur l'estrade sur laquelle s'était tenu le Vétéran pour prononcer son discours. Il annonça que dorénavant les Meetings du dimanche matin seraient supprimés. Ils étaient inutiles, déclara-t-il, et constituaient une perte de temps. À l'avenir, toutes les questions relatives au fonctionnement de la ferme seraient traitées par un comité spécial de cochons présidé par lui-même. Les membres se réuniraient à huis clos[2] et par la suite feraient connaître leurs décisions aux autres. Les animaux se réuniraient toujours le dimanche matin pour saluer le drapeau, chanter *Animaux d'Angleterre* et prendre connaissance des instructions pour la semaine. Mais les débats seraient supprimés.

Malgré le choc que leur avait occasionné l'expulsion de Nelson, les animaux furent consternés par cette déclaration. Plu-

Notes

1. **furtivement** : discrètement.

2. **à huis clos** : sans public.

sieurs d'entre eux auraient protesté s'ils avaient pu trouver les bons arguments. Vaillant lui-même était confusément mal à l'aise. Il ramena ses oreilles en arrière, secoua son toupet à plusieurs reprises et s'efforça d'ordonner ses pensées ; mais en fin de compte il ne trouva rien à dire. Certains des cochons, toutefois, furent plus éloquents. Quatre gorets[1], au premier rang, émirent des cris de désapprobation perçants, et tous les quatre bondirent sur leurs pattes en se mettant à parler tous ensemble. Mais soudain les chiens assis autour de Napoléon firent entendre des grognements profonds, menaçants, sur quoi les cochons se turent et se rassirent. À ce moment, les moutons firent entendre de formidables bêlements – « Vive les quatre pattes ! À bas les deux pattes ! » – qui se prolongèrent durant presque un quart d'heure et mirent fin à toute possibilité de discussion.

Par la suite, Couineur fut dépêché partout dans la ferme pour expliquer les nouvelles dispositions aux autres animaux.

« Camarades, dit-il, je suis sûr que tous les animaux présents mesurent le sacrifice que le camarade Napoléon a consenti en prenant à sa charge ce travail supplémentaire. N'allez pas imaginer, camarades, qu'il est plaisant d'être chef ! Bien au contraire, c'est une grande et lourde responsabilité. Personne n'est plus fermement convaincu que le camarade Napoléon que tous les animaux sont égaux. Mais il se pourrait que vous preniez parfois les mauvaises décisions, camarades, et alors qu'adviendrait-il de nous ? Supposez que vous ayez pris le parti de suivre Nelson, et avec lui ses illusoires moulins à vent[2] – Nelson qui, comme nous le savons maintenant, n'était qu'un criminel ?

— Il a vaillamment combattu à la Bataille de l'Étable, avança une voix.

Notes

1. **gorets** : jeunes cochons.
2. Allusion probable à Don Quichotte, célèbre personnage imaginé par l'écrivain espagnol Cervantès (1547-1616). Dans un épisode du roman qui porte son nom, le héros croit se battre contre des géants qui ne sont en réalité que des moulins à vent.

— La bravoure ne suffit pas, rétorqua Couineur. La loyauté et l'obéissance sont plus importantes. Quant à la Bataille de l'Étable, je pense qu'un temps viendra où nous découvrirons que le rôle de Nelson ce jour-là fut beaucoup surestimé. De la discipline, camarades, une discipline de fer! Tel est l'impératif du jour. Un seul faux pas[1] et nos ennemis nous tomberont dessus. Assurément, camarades, vous ne souhaitez pas le retour de Jones, n'est-ce pas?»

Une fois de plus, l'argument était imparable[2]. Les animaux ne souhaitaient certes pas le retour de Jones; si la tenue de débats le dimanche matin risquait de le faire revenir, alors les débats devaient cesser. Vaillant, qui avait maintenant eu le temps de réfléchir, exprima le sentiment général en disant : «Si le Camarade Napoléon le dit, ce doit être vrai.» Et à partir de ce jour, en plus de sa devise «Je travaillerai plus dur», il adopta la maxime «Napoléon a toujours raison».

Le temps s'était maintenant radouci et les labours de printemps avaient commencé. La remise où Nelson avait dessiné les plans du moulin à vent avait été fermée; quant aux plans eux-mêmes, on supposait que le temps les avait effacés. Tous les dimanches matin à dix heures, les animaux se rassemblaient dans la grange afin de recevoir les consignes pour la semaine. Le crâne du Vétéran, maintenant parfaitement décharné, avait été exhumé[3] de sa sépulture[4] dans le verger et placé sur une souche au pied du mât des couleurs, à côté du fusil. Après le lever du drapeau, les animaux devaient défiler devant le crâne avec révérence avant d'entrer dans la grange. Désormais, ils ne s'asseyaient plus tous ensemble comme ils l'avaient fait par le passé. Napoléon, Couineur et un autre cochon du nom de Minimus, qui avait un don remarquable pour composer chansons et poèmes, s'asseyaient sur le devant de l'estrade, les neuf jeunes chiens en demi-cercle autour d'eux, et les autres cochons assis

Notes

1. **faux pas** : écart de conduite, erreur.
2. **imparable** : impossible à repousser.
3. **exhumé** : déterré.
4. **sépulture** : tombe.

derrière. Les animaux restants étaient assis face à eux, dans le corps principal de la grange. Napoléon lisait les consignes pour la semaine dans un style militaire bourru[1], et après avoir chanté une seule fois *Animaux d'Angleterre*, tous les animaux se dispersaient.

Le troisième dimanche après l'expulsion de Nelson, les animaux furent quelque peu surpris d'entendre Napoléon annoncer que l'on procéderait à la construction du moulin à vent, en fin de compte. Il n'apporta aucune explication à ce revirement, mais avertit simplement les animaux que cette tâche supplémentaire nécessiterait un très gros travail et qu'il serait peut-être nécessaire de réduire les rations. Les plans, toutefois, étaient entièrement prêts, jusqu'au moindre détail. Un comité spécial de cochons y avait travaillé durant les trois dernières semaines. La construction du moulin et de diverses autres améliorations devait durer deux ans.

Ce soir-là, Couineur expliqua en privé aux autres animaux que Napoléon, à vrai dire, n'avait jamais été opposé au moulin à vent. Au contraire, c'est lui qui en avait préconisé la construction à l'origine, et le plan que Nelson avait dessiné sur le sol de la remise avait en fait été dérobé parmi les documents appartenant à Napoléon. Le moulin était, en réalité, la propre création de Napoléon. Mais alors, demanda quelqu'un, pourquoi s'y était-il opposé avec tant de véhémence[2] ? À ce moment-là, Couineur afficha un air madré[3]. Là, expliqua-t-il, était toute l'habileté de Napoléon. Il avait *semblé* s'opposer au moulin à vent, mais ce n'était qu'une simple manœuvre pour se débarrasser de Nelson qui était un personnage dangereux exerçant une mauvaise influence. Maintenant que celui-ci était écarté, le plan pouvait se développer sans interférence de sa part. C'est ce qu'on appelle la tactique, expliqua Couineur. Et il répéta à plusieurs reprises, « La tactique, camarades, la tactique ! », et il sautillait en tous

Notes

1. **bourru** : rude, agressif.
2. **véhémence** : ardeur, intensité.
3. **madré** : faussement aimable.

sens et remuait la queue tout en riant gaiement. Les animaux n'étaient pas très sûrs de la signification du mot, mais Couineur était si convaincant, et les trois chiens qui se trouvaient justement là avec lui grognaient de façon si menaçante, qu'ils acceptèrent son explication sans plus poser de questions.

Chapitre 6

L'année durant, les animaux travaillèrent comme des forçats[1]. Mais ils en étaient heureux ; ils ne rechignaient[2] ni à l'effort ni au sacrifice, bien conscients que tout ce qu'ils accomplissaient était pour leur profit à eux et à ceux qui leur succéderaient, et non pas au bénéfice d'une bande d'humains fainéants et rapaces[3].

Tout au long du printemps et de l'été ils travaillèrent soixante heures par semaine, puis Napoléon annonça qu'au mois d'août on travaillerait également le dimanche après-midi. Il s'agissait là d'un travail strictement volontaire, mais tout animal qui s'y soustrairait verrait sa ration diminuée de moitié. Même alors, toutes les tâches ne purent être exécutées. La moisson fut un peu moins fructueuse que l'année précédente, et deux parcelles[4] où il aurait fallu planter des légumes-racines[5] au début de l'été restèrent en jachère[6], le labour n'ayant pas été effectué suffisamment tôt. Il n'était pas difficile de prévoir que le prochain hiver serait difficile.

Notes

1. forçats : bagnards, criminels condamnés aux travaux forcés dans un bagne.
2. ne rechignaient : ne montraient leur réticence.
3. rapaces : avides.
4. parcelles : petites parties ; il s'agit, ici, de terrains faisant partie de la ferme.
5. Les carottes, les betteraves, le céleri sont des légumes-racines.
6. en jachère : sans être cultivées.

La construction du moulin à vent souleva des problèmes inattendus. Il y avait une belle carrière de pierre sur le domaine de la ferme, et du sable et du ciment avaient été découverts en grande quantité dans l'une des dépendances ; on disposait donc de tous les matériaux nécessaires. Mais le débitage[1] de la pierre en morceaux de taille appropriée constitua, dans un premier temps, un problème insoluble. Il semblait n'y avoir aucun moyen d'y parvenir sauf au moyen de pics et de barres à mine[2], outils qu'aucun animal ne pouvait manier, car aucun d'entre eux ne pouvait se tenir sur ses pattes arrière. Ce n'est qu'après des semaines d'efforts infructueux qu'une idée judicieuse se présenta à l'esprit de quelqu'un – à savoir, recourir à la force de gravité. Des blocs gigantesques, de taille bien trop importante pour être exploités tels quels, étaient éparpillés sur tout le carreau[3] de la carrière. Les animaux y arrimaient[4] des cordes puis, tous ensemble, vaches, chevaux, moutons et tout animal pouvant se saisir d'une corde – même les cochons participaient parfois, aux moments critiques –, les tiraient avec une lenteur désespérante le long de la pente jusqu'au sommet de la carrière, d'où ces blocs étaient basculés dans le vide pour aller se briser en bas en mille morceaux. La roche ainsi débitée était relativement facile à transporter. Les chevaux l'emportaient dans des charrettes, les moutons traînaient les morceaux un par un, même Muriel et Benjamin s'attelaient à une vieille carriole et prenaient leur part de travail. À la fin de l'été, un volume suffisant de pierres était amassé et la construction débuta sous la supervision des cochons.

Le travail, cependant, était lent et pénible. Une journée entière d'efforts exténuants était bien souvent nécessaire pour traî-

Notes

1. **débitage** : découpage en pièces – ici, des pierres – prêtes à l'emploi.
2. **barres à mine** : barres employées pour creuser la roche afin d'y glisser un explosif.
3. **carreau** : surface carrée.
4. **arrimaient** : fixaient méthodiquement et solidement.

ner un seul bloc jusqu'au sommet de la carrière, et parfois il ne se brisait même pas dans sa chute. Rien n'aurait été possible sans Vaillant, dont la force semblait égaler celle de tous les autres animaux réunis. Lorsque le rocher commençait à glisser le long de la pente et que les animaux hurlaient leur détresse de se voir entraîner vers le bas, c'est toujours Vaillant qui s'arc-boutait[1] sur la corde et parvenait à immobiliser le bloc. Le voir ainsi remonter péniblement la pente, centimètre par centimètre, le souffle court, l'extrémité de ses sabots enfoncée dans le sol, et ses flancs gigantesques couverts de sueur, forçait l'admiration de tous. Par moments, Clémence lui rappelait de veiller à ne pas se surmener, mais Vaillant ne l'écoutait pas. Ses deux devises, «Je travaillerai plus dur» et «Napoléon a toujours raison», lui semblaient des réponses suffisantes à tous les problèmes. Il s'était entendu avec le coquelet pour que celui-ci le réveille, non plus une demi-heure mais trois quarts d'heure plus tôt le matin. Et à ses moments perdus, qui étaient rares maintenant, il se rendait seul à la carrière, amassait une charge de pierres fracturées et la tirait, sans l'aide de quiconque, jusqu'à l'emplacement du moulin à vent.

Les animaux ne furent pas à plaindre, cet été-là, en dépit de la dureté du travail. S'ils n'avaient pas plus à manger que du temps de Jones, en tout cas ils n'en avaient pas moins. N'avoir à ne nourrir qu'eux-mêmes et ne pas être obligés de subvenir de surcroît[2] aux besoins de cinq humains voraces[3] représentait un tel avantage qu'il aurait fallu accumuler beaucoup d'erreurs pour ne pas en tirer profit. Et, par bien des côtés, la façon dont les animaux s'acquittaient des tâches était plus efficace et épargnait du labeur[4]. Des travaux tels que le désherbage, par exemple, étaient réalisés avec une minutie inaccessible aux humains. Et

Notes

1. **s'arc-boutait** : prenait fortement appui sur ses sabots pour opposer davantage de résistance.
2. **de surcroît** : en plus.
3. **voraces** : ayant grand appétit.
4. **épargnait du labeur** : permettait de moins travailler.

encore une fois, comme aucun animal ne volait quoi que ce soit, il n'était pas nécessaire de séparer les pâtures des terres arables[1] au moyen de clôtures, ce qui épargnait bien du travail dans l'entretien des haies et des barrières. Toutefois, à mesure que l'été avançait, plusieurs pénuries imprévues commencèrent à se faire sentir. On manquait d'huile de paraffine[2], de clous, de ficelle, de biscuits pour chiens et de fer pour les sabots des chevaux, toutes choses que la ferme n'était pas en mesure de produire. Par la suite, semences et engrais chimiques seraient également nécessaires, de même que divers outils, et enfin l'équipement du moulin à vent. Comment on allait se procurer ces articles, personne n'en avait la moindre idée.

Un dimanche matin, alors que les animaux étaient rassemblés pour prendre connaissance des consignes, Napoléon annonça qu'il avait décidé de suivre une nouvelle politique. Dorénavant, la Ferme des Animaux s'engagerait dans des échanges avec les fermes voisines, non pas à des fins commerciales, bien sûr, mais simplement en vue d'acquérir certaines fournitures dont on avait un besoin urgent. Les exigences du moulin à vent primaient sur tout le reste, disait-il. C'est pourquoi il prenait des dispositions pour vendre une meule de foin ainsi qu'une partie de la récolte de blé de l'année, et plus tard, si un surplus d'argent était nécessaire, on y pourvoirait en vendant des œufs, un produit pour lequel il y avait toujours de la demande à Willingdon. Les poules, dit Napoléon, devraient accueillir ce sacrifice comme leur contribution particulière à l'édification du moulin à vent.

Les animaux ressentirent de nouveau un sentiment de malaise confus. Ne jamais avoir de relations avec les humains, ne jamais s'adonner au commerce, ne jamais faire usage de l'argent

Notes

1. **terres arables** : terres destinées aux cultures. Il n'est pas nécessaire de les séparer des pâtures car les animaux qui broutent n'iront pas manger les cultures qui, dans cette ferme, leur appartiennent.

2. **huile de paraffine** : dérivé d'hydrocarbures notamment utilisé dans les lampes à huile pour l'éclairage.

– n'étaient-ce pas là quelques-unes des toutes premières décisions prises lors de ce premier Meeting triomphal qui avait suivi l'expulsion de Jones ? Tous les animaux se souvenaient d'avoir adopté ces résolutions, ou tout du moins ils pensaient s'en souvenir. Les quatre jeunes cochons qui avaient protesté lorsque Napoléon avait aboli les Meetings élevèrent timidement la voix, mais un formidable grognement émis par les chiens les réduisit rapidement au silence. À ce moment-là, comme d'habitude, les moutons commencèrent à scander « Vive les quatre pattes ! À bas les deux pattes ! » et le moment d'embarras s'estompa[1]. Finalement, Napoléon leva la patte pour réclamer le silence et déclara qu'il avait déjà pris toutes les mesures nécessaires. Aucun animal ne serait amené à entrer en contact avec les humains, ce qui serait à l'évidence tout à fait indésirable. Il comptait endosser toute la responsabilité[2] de l'affaire. Un certain M. Whymper[3], un courtier[4] établi à Willingdon, avait accepté de servir d'intermédiaire entre la Ferme des Animaux et le monde extérieur ; il viendrait à la Ferme tous les lundis matin pour recevoir ses instructions. Napoléon mit fin à son discours en s'écriant, comme il en avait l'habitude, « Longue vie à la Ferme des Animaux ! », et après qu'on eut chanté *Animaux d'Angleterre*, les animaux furent congédiés[5].

Par la suite, Couineur fit le tour de la ferme et tranquillisa les animaux. Il leur certifia que la résolution interdisant la pratique du commerce et l'usage de l'argent n'avait jamais été adoptée, ni même proposée. C'était là pure fantaisie qui trouvait probablement son origine dans les mensonges propagés par Nelson. Quelques-uns des animaux ressentaient encore de légers doutes, mais Couineur leur demanda avec habileté : « Êtes-vous

Notes

1. **s'estompa** : faiblit jusqu'à disparaître.
2. **endosser toute la responsabilité** : prendre sur lui toute la responsabilité.
3. En anglais *whimper* signifie « plainte », « gémissement », ce qui peut évoquer l'air faussement soumis du personnage.
4. **courtier** : intermédiaire.
5. **les animaux furent congédiés** : on demanda aux animaux de partir.

certains de ne pas avoir rêvé tout cela, camarades? Possédez-vous une trace d'une telle résolution? A-t-elle été consignée quelque part?» Et comme il était certainement vrai qu'aucun document écrit de ce genre n'existait, les animaux se persuadèrent qu'ils avaient fait erreur.

Tous les lundis, M. Whymper venait à la ferme, comme il en avait été convenu. C'était un petit homme à l'air matois[1] arborant[2] des favoris[3], un courtier ne brassant pas de grosses affaires, mais suffisamment avisé[4] pour avoir compris avant tout le monde que la Ferme des Animaux aurait besoin d'un intermédiaire et que les commissions[5] seraient bonnes à prendre. Les animaux le regardaient aller et venir avec une forme d'effroi et l'évitaient autant que possible. Néanmoins, le spectacle de Napoléon, à quatre pattes, donnant des ordres à Whymper, debout sur ses deux jambes, suscitait leur fierté et les réconciliait en partie avec la nouvelle organisation. Leurs relations avec l'espèce humaine n'étaient plus tout à fait les mêmes qu'auparavant. Les humains ne haïssaient pas moins la Ferme des Animaux maintenant qu'elle prospérait; au contraire, ils la détestaient plus que jamais. Tous les humains tenaient pour article de foi que la ferme ne manquerait pas de faire banqueroute[6] tôt ou tard et, surtout, que le moulin à vent était voué à l'échec. Ils se rencontraient dans les pubs et se prouvaient les uns aux autres, diagrammes à l'appui, que le moulin ne pouvait que s'écrouler ou, s'il restait debout, qu'il ne fonctionnerait jamais. Et pourtant, à leur corps défendant[7], avait grandi en eux un certain respect pour l'efficacité avec laquelle les animaux administraient leurs affaires. Pour preuve, ils avaient commencé à donner à la Ferme des Animaux son nom exact et cessé de prétendre qu'elle

Notes

1. **matois** : rusé, voleur.
2. **arborant** : montrant fièrement.
3. **favoris** : barbe qu'on laisse pousser sur les joues en rasant le menton.
4. **avisé** : intelligent.
5. **commissions** : sommes touchées par un intermédiaire.
6. **banqueroute** : faillite.
7. **à leur corps défendant** : malgré eux.

se nommait la Ferme du Manoir. De la même façon, ils ne voyaient plus M. Jones comme leur champion ; ce dernier avait abandonné l'espoir de récupérer sa ferme et était parti vivre ailleurs dans le comté. Hormis par l'entremise de Whymper, il n'y avait pour l'heure aucun contact entre la Ferme des Animaux et le monde extérieur, mais selon des rumeurs insistantes Napoléon était sur le point de parvenir à un accord commercial en bonne et due forme, soit avec M. Pilkington de Boisrenard, soit avec M. Frederick de Pré Pincettes – mais jamais, avait-on remarqué, avec les deux simultanément.

C'est à peu près à cette époque que les cochons déménagèrent soudain dans le corps d'habitation de la ferme et y élurent domicile. Là encore, les animaux semblèrent se souvenir qu'une résolution avait été adoptée, dans les premiers temps, précisément à l'encontre de cela, et de nouveau Couineur réussit à les convaincre qu'il n'en était rien. Il était absolument nécessaire, expliquait-il, que les cochons, qui étaient le cerveau de la ferme, aient un endroit calme pour travailler. De plus, il était plus conforme au statut du Leader[1] (car, dernièrement, il avait pris l'habitude de parler de Napoléon comme du « Leader ») de vivre dans une maison plutôt que dans une simple porcherie. Cependant, quelques-uns des animaux furent troublés d'apprendre que les cochons, non contents de prendre leurs repas dans la cuisine et d'utiliser le salon comme salle de détente, dormaient également dans les lits. Vaillant, comme d'habitude, se contenta d'un « Napoléon a toujours raison ! », mais Clémence, qui pensait se souvenir d'une réglementation précise interdisant l'usage des lits, se rendit tout au bout de la grange et tenta de déchiffrer les Sept Commandements qui y étaient inscrits. Se trouvant dans l'incapacité de lire plus que les lettres isolées, elle partit à la recherche de Muriel.

Note

1. **Leader** : Chef.

« Muriel, dit-elle, lis-moi le Quatrième Commandement. N'y est-il pas question de ne jamais dormir dans un lit ? »

Muriel le déchiffra, non sans difficulté.

« Ça dit : "Aucun animal ne dormira dans un lit avec des draps" », énonça-t-elle finalement.

Curieusement, Clémence ne se souvenait d'aucune mention de draps dans le Quatrième Commandement ; mais ce devait être le cas puisque c'était inscrit là sur le mur. Et Couineur, qui venait à passer à ce moment-là, accompagné de deux ou trois chiens, fut à même[1] de remettre toute l'affaire dans sa juste perspective.

« Vous avez donc su, camarades, commença-t-il, que nous autres cochons dormions maintenant dans les lits de la maison ? Et pourquoi pas ? Vous ne pensiez tout de même pas qu'un règlement ait jamais interdit les lits ? Un lit est tout simplement un endroit où l'on dort. Une botte de paille dans un box est un lit, tout bien considéré. Le règlement interdisait les draps qui sont une invention des humains. Nous avons retiré les draps des lits de la maison, et dormons entre des couvertures. Et je dois dire que ces lits sont très confortables ! Mais rien d'excessif, je peux vous l'affirmer, camarades, avec tout le travail cérébral que nous devons fournir désormais. Vous ne voudriez pas nous priver de notre repos, n'est-ce pas, camarades ? Vous ne voudriez pas nous voir trop fatigués pour nous acquitter de nos fonctions ? Aucun d'entre vous, à coup sûr, ne souhaite le retour de Jones ? »

Sur ce point, les animaux le rassurèrent immédiatement, et on n'aborda plus le sujet des cochons dormant dans les lits de la maison. Et lorsque, quelques jours plus tard, il fut annoncé que dorénavant, le matin, les cochons se lèveraient une heure plus tard que les autres, aucune plainte ne fut formulée non plus.

À l'approche de l'automne, les animaux étaient fatigués mais heureux. L'année avait été dure pour eux, et une partie du foin

Note

1. **fut à même** : se montra capable.

et du blé ayant été vendue, les réserves de nourriture pour l'hiver n'étaient certes guère abondantes; mais le moulin à vent compensait tout cela. Presque la moitié du bâtiment était maintenant construite. Après les moissons s'ensuivit une période de temps sec et ensoleillé, et les animaux travaillèrent plus dur que jamais, pensant que cela valait bien la peine d'aller et venir toute la journée en se coltinant[1] des blocs de pierre si, de la sorte, ils pouvaient élever le mur d'une trentaine de centimètres supplémentaires. Vaillant ressortait même de nuit pour travailler seul une heure ou deux à la lueur de la lune d'automne. À leurs moments perdus, les animaux tournaient et tournaient encore autour du moulin à moitié terminé, admirant la solidité et la régularité de ses murs et s'émerveillant de ce qu'ils aient été capables d'édifier un bâtiment aussi imposant. Seul le vieux Benjamin se refusait à manifester de l'enthousiasme à propos du moulin, même si, comme à l'accoutumée[2], il s'abstenait de tout commentaire, mis à part la remarque énigmatique concernant la longue durée de vie des ânes.

Arriva le mois de novembre et avec lui des vents de sud-ouest déchaînés. Il fallut interrompre la construction car le temps était trop humide pour gâcher[3] le ciment. Et puis, une nuit, la tempête fut si violente que les bâtiments tremblaient sur leurs fondations et que le vent emporta plusieurs tuiles du toit de la grange. Les poules se réveillèrent en piaillant de terreur car elles avaient toutes entendu, en rêve et au même moment, la détonation d'un fusil dans le lointain. Au matin, les animaux sortirent de leurs box pour découvrir que le mât du drapeau avait été renversé et qu'un orme, au bas du verger, avait été déraciné, comme un radis. À peine eurent-ils constaté ces dégâts qu'un cri de désespoir s'échappa de leurs gorges. Un terrible spectacle s'offrait à leurs yeux. Le moulin était en ruine.

Notes

1. en se coltinant : en transportant, quand il s'agit d'un travail pénible.

2. comme à l'accoutumée : comme d'habitude.

3. gâcher : délayer (pour le ciment).

Tous ensemble ils se précipitèrent sur les lieux. Napoléon, qui pressait rarement le pas, fonçait en tête du groupe. Oui, il gisait là, le fruit de tous leurs efforts, arasé[1] jusqu'à ses fondations, les pierres qu'ils avaient débitées et charriées[2] si péniblement, éparpillées un peu partout. Incapables de parler, dans un premier temps, ils restaient là à regarder tristement cet amas de pierres effondrées. Napoléon allait et venait en silence, flairant le sol de temps à autre. Sa queue, raidie, n'avait plus rien du tire-bouchon, et se contractait brusquement d'un côté et de l'autre, signe chez lui d'une intense activité mentale. Soudain il s'immobilisa, comme s'il avait pris une décision.

« Camarades, commença-t-il tranquillement, savez-vous qui est responsable de ce désastre ? Savez-vous qui est l'ennemi qui est venu dans la nuit démolir notre moulin à vent ? NELSON ! rugit-il brusquement d'une voix tonitruante[3]. Nelson a fait cela ! Par pure malveillance, pensant retarder nos plans et se venger de son ignominieuse expulsion, ce traître s'est faufilé jusqu'ici à la faveur de la nuit et a détruit presque une année complète de notre travail. Camarades, à l'instant même, je prononce la condamnation à mort de Nelson. "Animal héros militaire, deuxième classe" et un demi-boisseau de pommes à quiconque le traduira en justice. Un boisseau entier à qui le capturera vivant ! »

Les animaux furent extrêmement choqués d'apprendre que Nelson ait pu se rendre coupable d'une telle action. Un cri d'indignation se fit entendre, et chacun se mit à réfléchir aux façons de se saisir de Nelson, si jamais il revenait. Presque immédiatement on repéra les empreintes d'un cochon dans l'herbe à courte distance du monticule. Elles n'étaient visibles que sur quelques mètres, mais semblaient mener à un passage dans la haie. Napoléon les flaira longuement et déclara qu'il s'agissait

Notes

1. **arasé** : mis à ras.
2. **charriées** : transportées (pour une charge).
3. **tonitruante** : forte comme le tonnerre.

des empreintes de Nelson. Nelson était probablement venu depuis la ferme de Boisrenard, telle était son opinion.

« Ne tardons plus, camarades ! s'écria Napoléon après avoir examiné les empreintes. Le travail nous attend. Ce matin même nous commençons à reconstruire le moulin, et nous travaillerons durant tout l'hiver, qu'il pleuve ou qu'il vente. Nous prouverons à ce misérable traître qu'il ne peut détruire notre travail si aisément. Souvenez-vous, camarades, nos plans ne doivent subir aucune modification : ils seront réalisés au jour près. En avant, camarades ! Longue vie au moulin à vent ! Longue vie à la Ferme des Animaux ! »

Joseph Staline (1878-1953)

Chapitre 7

L'hiver fut très rude. Aux orages succédèrent du grésil[1] et de la neige, puis de fortes gelées qui persistèrent durant une bonne partie de février. Les animaux persévéraient de leur mieux dans la reconstruction du moulin à vent, bien conscients que le monde extérieur les observait et que les humains envieux jubileraient[2] si l'édifice n'était pas achevé à temps.

Malveillants, les humains prétendaient ne pas croire que Nelson fût responsable de la destruction : si le moulin s'était écroulé, c'est que les murs étaient trop minces, disaient-ils. Les animaux savaient bien qu'il n'en était rien. Toutefois, on avait décidé cette fois-ci de bâtir des murs d'un mètre d'épaisseur au lieu des cinquante centimètres antérieurs, et il fallait donc amasser bien plus de pierres. La carrière fut longtemps recouverte par la neige et le travail interrompu. L'activité reprit durant la période sèche et glaciale qui s'ensuivit, mais dans des conditions extrêmement pénibles, et les animaux ne pouvaient plus y mettre autant d'enthousiasme qu'avant. Ils avaient constamment froid, et la faim les tenaillait tout aussi fréquemment. Seuls Vaillant et Clémence gardaient du cœur à l'ouvrage. Couineur faisait de très beaux discours sur le plaisir de servir et la noblesse du travail, mais les autres animaux trouvaient plus d'inspiration dans

Notes

1. grésil : flocons de neige mêlés de glace.

2. jubileraient : exprimeraient une profonde joie.

la vigueur de Vaillant et son immuable devise, «Je travaillerai plus dur!».

En janvier, la nourriture vint à manquer. La ration de blé fut sévèrement réduite et il fut annoncé qu'une ration supplémentaire de pommes de terre serait distribuée en compensation. C'est alors qu'on se rendit compte que la plus grande partie de la récolte avait gelé, la couche de paille de protection n'étant pas d'une épaisseur suffisante. Les tubercules[1] étaient mous et décolorés, et seuls quelques-uns étaient comestibles. Des jours durant, les animaux durent se contenter de paille et de betteraves. La famine semblait imminente[2].

Il était impératif de dissimuler la situation au monde extérieur. Enhardis par l'effondrement du moulin, les humains inventaient d'autres mensonges concernant la Ferme des Animaux. De nouveau on faisait croire que tous les animaux mouraient de faim et de maladie, qu'ils ne cessaient de s'entretuer et pratiquaient le cannibalisme et l'infanticide. Napoléon était bien conscient des conséquences désastreuses qui risquaient de s'ensuivre si la situation alimentaire était connue pour ce qu'elle était vraiment; il décida donc de se servir de M. Whymper pour que se répande l'idée contraire. Jusqu'à présent, les animaux n'avaient eu que très peu, voire aucun contact avec Whymper lors de ses visites hebdomadaires : désormais, quelques animaux désignés, des moutons pour la plupart, reçurent comme consigne de dire négligemment, à portée de voix, que les rations avaient été augmentées. De plus, Napoléon donna l'ordre de remplir de sable, presque à ras bord, les casiers pour ainsi dire vides de la réserve; le peu de grain et de farine restant viendrait ensuite recouvrir le sable. Sous un prétexte approprié[3], on conduisit Whymper à travers la réserve, de façon qu'il puisse entrevoir les casiers.

Notes

1. tubercules : il s'agit des pommes de terre, qui sont des racines.
2. imminente : sur le point de se produire.
3. approprié : adapté.

Ainsi berné[1], il continua à rapporter au monde extérieur qu'il n'y avait nulle pénurie[2] à la Ferme des Animaux.

Toutefois, vers la fin janvier, il apparut d'évidence qu'il faudrait se procurer un supplément de grains quelque part. Napoléon se montra alors rarement en public ; il passait l'essentiel de son temps dans le corps d'habitation, dont chacune des portes était défendue par des chiens de garde à l'allure féroce. Ses rares apparitions se faisaient de manière très cérémonieuse, avec une escorte de six molosses qui le serraient de près et grognaient si quelqu'un s'approchait trop. Souvent, il ne se montrait même pas le dimanche matin : il donnait ses ordres par l'intermédiaire des autres cochons, le plus souvent Couineur.

Un dimanche matin, celui-ci annonça que les poules, qui venaient tout juste de se remettre à pondre, devraient céder leurs œufs. Napoléon avait accepté, par l'entremise de Whymper, un contrat portant sur quatre cents œufs par semaine. La vente de ces œufs permettrait de se procurer assez de grain et de farine pour assurer l'approvisionnement de la ferme jusqu'au retour de l'été et de conditions de vie plus faciles.

Cette annonce souleva chez les poules de véhémentes protestations. Elles avaient été prévenues que ce sacrifice pourrait s'avérer[3] nécessaire, mais ne pensaient pas que cela se produirait vraiment. Elles étaient en pleins préparatifs de la couvée de printemps, et leur enlever leurs œufs maintenant était un vrai meurtre. Pour la première fois depuis l'expulsion de Jones, on assistait à une sorte de rébellion. Menées par trois jeunes poulets noirs de Minorque, les poules firent un effort acharné pour contrecarrer les projets de Napoléon. Leur méthode consistait à s'envoler jusqu'aux bois de la charpente puis d'y pondre leurs œufs, qui venaient s'écraser au sol. Napoléon réagit promptement et implacablement[4]. Il ordonna qu'on cesse de donner à manger aux poules, et décréta que serait puni de mort tout

Notes

1. **berné** : trompé.
2. **nulle pénurie** : aucun manque.
3. **s'avérer** : se révéler.
4. **implacablement** : sévèrement.

animal qui leur fournirait ne serait-ce qu'un grain de blé. Les chiens veillèrent à ce que ces ordres soient respectés. Les poules résistèrent cinq jours, puis capitulèrent et réintégrèrent leurs nichoirs. Entre-temps, neuf d'entre elles étaient mortes. Leurs cadavres furent enterrés dans le verger et on expliqua qu'elles avaient succombé à la coccidiose[1]. Whymper n'eut pas vent de cette affaire et les œufs furent livrés en temps et en heure : un épicier venait chaque semaine en prendre livraison à la ferme avec sa fourgonnette.

Durant tout ce temps, on n'avait plus revu Nelson. Le bruit courait qu'il se cachait dans une des fermes avoisinantes, soit Boisrenard, soit Pré Pincettes. Napoléon entretenait alors avec les autres fermiers des relations un peu plus cordiales que précédemment. Il se trouve que, dix ans auparavant, des pièces de bois avaient été entreposées dans la cour après qu'on eut éclairci un bosquet de hêtres. Ce bois était maintenant sec et Whymper avait conseillé à Napoléon de le vendre; et M. Pilkington comme M. Frederick souhaitaient vivement en faire l'acquisition. Napoléon hésitait entre les deux, sans parvenir à se décider. On remarqua qu'à chaque fois qu'il était sur le point de parvenir à un accord avec Frederick, on entendait dire que Nelson se cachait à Boisrenard, tandis que s'il penchait en faveur de Pilkington, c'est à Pré Pincettes que Nelson était réfugié.

Et soudain, au début du printemps, on découvrit une chose très préoccupante. Nelson, la nuit venue, allait et venait secrètement dans la ferme! Les animaux étaient si inquiets que leur sommeil s'en ressentait. On disait qu'il s'introduisait toutes les nuits, à la faveur de l'obscurité, pour commettre toutes sortes de méfaits. Il volait du blé, renversait les bidons de lait, cassait les œufs, piétinait les semis et rongeait l'écorce des arbres fruitiers. Si quelque problème survenait, on prit pour habitude d'en rendre Nelson responsable. Si une vitre était brisée ou une

Note

1. **coccidiose** : maladie, fréquente chez la poule, due à un parasite intestinal.

canalisation bouchée, à coup sûr il se trouvait quelqu'un pour affirmer que Nelson était venu dans la nuit et que c'était lui le responsable. Et lorsque la clé de la remise fut égarée, toute la ferme se persuada que Nelson l'avait jetée dans le puits. Curieusement, cette opinion persista même après qu'on eut retrouvé la clé en question sous un sac de farine. Les vaches déclaraient d'une seule voix que Nelson se faufilait dans l'étable pour les traire pendant leur sommeil. Quant aux rats, qui avaient occasionné des tracasseries cet hiver, on disait qu'ils étaient de mèche avec lui[1].

Napoléon décréta que les activités de Nelson seraient soumises à une enquête approfondie. Accompagné de ses chiens, il entama une inspection minutieuse des bâtiments de la ferme, les autres animaux le suivant à distance respectueuse. À chaque pas ou presque, Napoléon s'arrêtait et flairait le sol à la recherche des empreintes de Nelson, qu'il pouvait détecter à leur odeur, disait-il. Il huma coins et recoins, dans la grange, dans l'étable, dans les poulaillers, dans le potager, et décela presque partout la trace de Nelson. Il approchait le groin du sol, humait profondément à plusieurs reprises puis s'exclamait d'une voix terrible, « Nelson ! Il est passé par ici ! Je le sens, j'en suis sûr ! », et au nom de « Nelson » tous les chiens montraient les crocs et faisaient entendre des grondements à glacer le sang.

Les animaux étaient saisis d'effroi. Nelson avait sur eux une sorte d'emprise invisible ; il s'insinuait, semblait-il, dans l'air environnant, les menaçant de dangers de toute nature. Dans la soirée, Couineur les rassembla et, l'air très inquiet, leur annonça qu'il avait des nouvelles importantes à leur communiquer.

« Camarades ! s'écria-t-il, et il sautillait nerveusement, une terrible découverte a été faite. Nelson s'est vendu à Frederick de la ferme de Pré Pincettes, Frederick qui manigance en ce moment même de nous attaquer et de nous enlever notre

Note

1. **de mèche avec lui** : ses complices.

ferme ! Nelson doit lui servir de guide lorsque l'attaque sera lancée. Mais il y a pire. Nous pensions que l'orgueil et l'ambition étaient les seules causes de la rébellion de Nelson. Mais nous faisions erreur, camarades. Savez-vous quel en était le véritable motif? Nelson avait fait alliance avec Jones dès le début ! Il n'a jamais cessé d'être son agent secret. Tout ceci est prouvé par des documents qu'il a abandonnés derrière lui et que nous venons seulement de découvrir. Selon moi, voilà qui explique bien des choses, camarades. N'avons-nous pas vu de nos propres yeux ses efforts – heureusement vains – pour nous anéantir lors de la Bataille de l'Étable ? »

Les animaux étaient stupéfaits. Cela dépassait de loin en vilenie la destruction du moulin à vent. Il leur fallut cependant plusieurs minutes pour en prendre la pleine mesure. Tous se rappelaient, ou pensaient se rappeler, que Nelson avait mené la charge à la Bataille de l'Étable, les avait rassemblés, avait constamment stimulé ses troupes, et n'avait cessé d'avancer, même quand les plombs du fusil de Jones lui avaient labouré le dos. On avait un peu de mal à comprendre, à ce compte, comment il pouvait être le complice de Jones. Vaillant lui-même était perplexe, lui qui posait rarement des questions. Il s'allongea, ramenant sous lui les sabots de ses pattes antérieures, ferma les yeux et, au prix d'un grand effort, parvint à formuler sa pensée.

« Je n'y crois pas, dit-il. Nelson a vaillamment combattu à la Bataille de l'Étable. Je l'ai vu de mes yeux. Ne lui avons-nous pas décerné "Animal héros militaire, première classe" tout de suite après ?

— Nous avons fait là une erreur, camarade. Car, nous le savons maintenant – tout est inscrit dans les documents secrets que nous avons découverts –, il cherchait en fait à nous mener à notre perte.

— Mais il a été blessé, reprit Vaillant. Nous l'avons tous vu courir, couvert de sang.

— Cela faisait partie du stratagème[1], s'écria Couineur. Le coup de feu de Jones n'a fait que l'égratigner. C'est écrit de sa propre main, je pourrais vous le montrer si vous saviez lire. Il était prévu que Nelson, au moment crucial[2], donne le signal du repli et laisse le champ libre à l'ennemi. Et il a presque réussi – je dirai même, camarades, il *aurait* réussi sans la présence de notre héroïque Leader, le camarade Napoléon. Ne vous rappelez-vous pas que Nelson, alors même que Jones et ses hommes pénétraient dans la cour, a soudain fait demi-tour et s'est enfui, suivi par de nombreux animaux. Et ne vous souvenez-vous pas, également, qu'à ce moment précis où la panique se propageait et que tout semblait perdu, camarade Napoléon a bondi de l'avant au cri de "Mort à l'Humanité !" et planté ses dents dans la jambe de Jones ? Vous vous en souvenez bien tout de même, camarades ? » s'exclama Couineur, en sautillant de gauche à droite.

Maintenant que Couineur décrivait la scène avec tant de réalisme, les animaux eurent l'impression de s'en souvenir, en effet. Tout du moins, ils se souvenaient qu'au moment crucial de la bataille, Nelson avait fait demi-tour pour s'enfuir. Vaillant, cependant, était toujours un peu troublé. « Je ne pense pas que Nelson ait été un traître au début, dit-il enfin. Ce qu'il a fait depuis, c'est différent. Mais je pense qu'à la Bataille de l'Étable, il s'est comporté en bon camarade.

— Notre Leader, le camarade Napoléon, déclara lentement et fermement Couineur, a affirmé de façon catégorique – de façon catégorique, camarade – que Nelson avait été l'agent de Jones depuis le tout début – oui, et depuis bien avant qu'on ait même pensé à la Révolte.

— Ah, dans ce cas c'est différent ! dit Vaillant. Si le camarade Napoléon le dit, c'est sûrement vrai.

— Voilà qui est bien dit, camarade ! » s'écria Couineur, mais on remarqua qu'il jetait un regard mauvais à Vaillant de ses

Notes

1. **stratagème** : ruse.

2. **crucial** : décisif.

petits yeux pétillants. Il se tournait pour partir, mais marqua une pause et ajouta avec gravité : «J'engage tous les animaux de la ferme à rester très vigilants. Car nous avons des raisons de penser que certains des agents secrets de Nelson rôdent parmi nous en ce moment même!»

Quatre jours plus tard, en fin d'après-midi, Napoléon donna l'ordre à tous les animaux de se rassembler dans la cour. Quand ils furent tous réunis, il sortit de la maison; il portait ses deux médailles (car il s'était récemment décerné à lui-même «Animal héros militaire, première classe» et «Animal héros militaire, deuxième classe») et ses neuf molosses gambadaient autour de lui en faisant entendre des grognements qui donnaient le frisson. Les animaux se tenaient tous blottis, silencieux, chacun à sa place, semblant prévoir l'arrivée imminente de quelque événement redoutable.

Napoléon, debout, le regard sévère, observait l'assistance; puis il émit un son strident. Les chiens bondirent immédiatement, attrapèrent quatre cochons par les oreilles et les traînèrent, glapissant de douleur et de terreur, aux pieds de Napoléon. Les oreilles des cochons saignaient, les chiens avaient goûté le sang et durant quelques instants la folie sembla s'être emparée d'eux. À la stupéfaction de tous, trois d'entre eux se jetèrent sur Vaillant. Le cheval les vit venir, tendit son gros sabot et saisit l'un des chiens en plein bond, le clouant au sol. Le chien, glapissant, implora grâce et les deux autres détalèrent, la queue entre les pattes. Vaillant regarda Napoléon pour savoir s'il devait piétiner le chien ou lui laisser la vie sauve. Le Leader parut décontenancé[1] et ordonna sèchement à Vaillant de le laisser aller, sur quoi le cheval souleva son sabot et le chien s'esquiva[2], meurtri[3] et hurlant.

Bientôt le tumulte s'apaisa. Les quatre cochons attendaient, tremblants, et la culpabilité se lisait sur chacun de leurs traits.

Notes

1. **décontenancé** : embarrassé, ne sachant plus comment réagir.

2. **s'esquiva** : s'échappa.

3. **meurtri** : blessé.

Napoléon les somma d'avouer leurs crimes[1]. Il s'agissait des quatre cochons qui avaient protesté lorsque les Meetings du dimanche avaient été abolis. Sans autre incitation, ils confessèrent avoir été secrètement en contact avec Nelson depuis son bannissement[2], avoir mis la main avec lui à la destruction du moulin à vent et passé un accord visant à livrer la Ferme des Animaux à M. Frederick. Ils ajoutèrent que Nelson avait reconnu, en privé[3], avoir été l'agent secret de Jones depuis des années. Lorsqu'ils eurent achevé leur confession, les chiens les égorgèrent immédiatement et Napoléon, d'une voix terrifiante, demanda si quelque autre animal avait à confesser quoi que ce soit.

Les trois poulets qui avaient été les meneurs lors de la tentative de rébellion à propos des œufs s'avancèrent alors et déclarèrent que Nelson leur était apparu en rêve et les avait incités à désobéir aux ordres de Napoléon. Eux aussi furent massacrés. À son tour, une oie s'avança et reconnut avoir caché six épis de blé lors de la moisson de l'année précédente, et les avoir mangés durant la nuit. Puis un mouton avoua avoir uriné dans l'abreuvoir – encouragé en cela, disait-il, par Nelson – et deux autres moutons confessèrent avoir tué un vieux bélier, un disciple particulièrement dévoué de Napoléon, en le poursuivant autour d'un grand feu de bois alors qu'il souffrait d'une toux tenace. Tous furent abattus sur-le-champ. Et ainsi se poursuivit la litanie[4] des confessions et des exécutions, jusqu'à ce qu'une pile de cadavres s'élevât[5] aux pieds de Napoléon ; et l'air était lourd de sang, ce qui n'était plus arrivé depuis l'expulsion de Jones.

Notes

1. Cette scène évoque les procès expéditifs de Moscou (1936-1938) orchestrés par Staline, et suivis de l'exécution des opposants.
2. **bannissement** : action de bannir, c'est-à-dire de chasser d'un territoire.
3. **en privé** : sans que personne n'assiste à la conversation.
4. **litanie** : suite ininterrompue.
5. **s'élevât** : imparfait du subjonctif (« jusqu'à ce qu'une pile de cadavres s'élève »).

Lorsque tout fut terminé, les animaux restants, à l'exception des cochons et des chiens, s'éclipsèrent[1] tous ensemble. Ils étaient ébranlés et profondément affligés[2]. Ils ne savaient ce qui les choquait le plus – la perfidie[3] des animaux qui avaient été de connivence avec Nelson, ou la cruauté du châtiment auquel ils venaient d'assister. Dans le passé, des scènes de carnage tout aussi terribles s'étaient souvent déroulées, mais elles leur paraissaient à tous bien plus dramatiques maintenant qu'elles se produisaient entre eux. Depuis que Jones avait quitté la ferme, et jusqu'à aujourd'hui, aucun animal n'en avait tué un autre, pas même un rat. Ils avaient gagné le petit monticule où se dressait le moulin en cours de construction et, d'un commun accord, s'étaient tous couchés et blottis les uns contre les autres comme pour se tenir chaud – Clémence, Muriel, Benjamin, les vaches, les moutons et toute une troupe d'oies et de poules –, tous, en fait, à l'exception de la chatte qui s'était esquivée juste avant que Napoléon ne donne l'ordre de rassemblement. Tout le monde se taisait. Seul Vaillant était resté debout. Il s'agitait en tous sens, balayant ses flancs de sa longue queue noire et poussant de temps à autre un petit hennissement d'étonnement.

Finalement, il dit : «Je ne comprends pas. Je n'aurais pas cru que de telles choses puissent se produire dans notre ferme. Quelque imperfection en nous doit en être la cause. La solution, de mon point de vue, est de travailler plus dur. À partir de maintenant, je me lèverai une heure plus tôt le matin.»

Puis il s'éloigna de son trot pesant et se dirigea vers la carrière. Une fois sur place, il rassembla successivement deux chargements de pierres et les traîna jusqu'au moulin avant de se retirer pour la nuit.

Les animaux se serraient en silence contre Clémence. Du monticule où ils étaient allongés s'ouvrait une vaste perspective sur la campagne environnante. Sous leurs yeux se déployait

Notes

1. **s'éclipsèrent** : s'en allèrent discrètement.

2. **affligés** : tristes.

3. **perfidie** : trahison.

presque tout le territoire de la Ferme des Animaux – le long pâturage qui s'étirait jusqu'à la grand-route, le pré de fauche, le petit bois, l'étang, les champs labourés où le blé encore vert poussait dru[1], et les toits rouges des bâtiments de la ferme dont les cheminées laissaient échapper des volutes de fumée. Une lumineuse soirée de printemps. Les rayons obliques du soleil couvraient d'or l'herbe et les haies en pleine éclosion. Jamais la ferme – et, non sans un certain étonnement, ils se rappelaient que c'était leur propre ferme, qu'ils en possédaient chaque pouce de terrain – ne leur était apparue si attirante. Le regard de Clémence longea le flanc du coteau et ses yeux s'emplirent de larmes. Si elle avait pu exprimer ses pensées, elle aurait dit que ce n'était pas là leur objectif lorsqu'ils s'étaient donné pour tâche, voilà des années, de travailler au renversement de l'espèce humaine. Ces scènes de terreur et de massacre n'étaient pas ce qu'ils avaient appelé de leurs vœux[2], la nuit mémorable[3] où le Vétéran, pour la première fois, avait attisé[4] en eux l'idée de la rébellion. Si elle-même s'était fait une quelconque idée de l'avenir, c'était d'une société d'animaux libérés de la faim et du fouet, tous égaux, chacun travaillant à la mesure de ses capacités, les forts protégeant les faibles, tout comme elle avait protégé de sa patte la couvée égarée de canetons, la nuit où le Vétéran avait fait son discours. Au lieu de quoi – elle ne savait pourquoi – était venu un temps où personne n'osait dire ce qu'il pensait, où des chiens féroces et grondants rôdaient partout, et où il vous fallait voir vos camarades mis en pièces après qu'ils eurent confessé des crimes révoltants. Aucune idée de révolte ou de désobéissance chez elle. Elle savait, même en l'état actuel des choses, que leur sort était bien préférable à celui qui avait été le leur du temps de Jones, et que, avant tout, il était essentiel

Notes

1. **dru** : vigoureusement, de façon abondante.
2. **ce qu'ils avaient appelé de leurs vœux** : ce qu'ils espéraient voir se réaliser.
3. **mémorable** : qui marque les mémoires, impossible à oublier.
4. **attisé** : animé (au sens propre, on attise un feu en soufflant).

d'éviter le retour des humains. Quoi qu'il advînt[1], elle resterait fidèle, elle travaillerait dur, elle exécuterait les ordres reçus et accepterait Napoléon comme Leader. Et pourtant, ce n'était pas pour en arriver là qu'elle et tous les autres animaux avaient espéré et peiné, qu'ils avaient construit le moulin à vent et affronté les plombs du fusil de Jones. Voilà quelles étaient ses pensées, mais les mots lui manquaient pour les exprimer.

Pour finir, trouvant là en quelque sorte une façon de remplacer les mots qui lui échappaient, elle se mit à chanter *Animaux d'Angleterre*. Les animaux assis autour d'elle reprirent l'hymne en chœur, et ils le chantèrent trois fois de suite – très mélodieusement, mais lentement et tristement, comme ils ne l'avaient jamais fait.

Ils venaient de le chanter pour la troisième fois quand Couineur, flanqué de deux chiens, s'approcha d'eux : il avait l'air d'avoir quelque chose d'important à dire. Il annonça que, par décret spécial du camarade Napoléon, *Animaux d'Angleterre* avait été aboli. Désormais, il était interdit de le chanter.

Les animaux étaient déconcertés.

« Et pourquoi ? s'écria Muriel.

— Ce n'est plus la peine, camarade, dit Couineur d'un ton sec. *Animaux d'Angleterre* était le chant de la Révolte. Mais la Révolte a été menée à bien. L'exécution des traîtres, cet après-midi, en était l'acte final. L'ennemi, tant à l'extérieur qu'à l'intérieur, a été vaincu. *Animaux d'Angleterre* était l'expression de notre profond désir pour une société meilleure dans les temps à venir. Cette société a été instaurée[2]. De toute évidence, ce chant est maintenant sans objet. »

Malgré leur effroi, certains animaux auraient peut-être protesté, mais les moutons entonnèrent leurs bêlements habituels – « Vive les quatre pattes ! À bas les deux pattes ! » – qu'ils pro-

Notes

1. **Quoi qu'il advînt** : quoi qu'il arrive ; « advînt » est un imparfait du subjonctif.

2. **instaurée** : établie.

longèrent plusieurs minutes, mettant ainsi un terme à la discussion.

Et donc, on n'entendit plus *Animaux d'Angleterre.* À la place, Minimus, le poète, avait composé un autre chant qui commençait ainsi :

Ferme des Animaux, Ferme des Animaux,
Jamais venant de moi tu n'essuieras de maux !

Cet hymne était chanté tous les dimanches matin après le lever des couleurs. Mais, curieusement, les animaux étaient d'avis que ni les paroles ni la mélodie n'étaient à la hauteur d'*Animaux d'Angleterre.*

Chapitre 8

Quelques jours plus tard, lorsque la terreur occasionnée par les exécutions se fut atténuée, quelques-uns des animaux se rappelèrent – ou crurent se rappeler – que le Sixième Commandement stipulait[1] : « Aucun animal n'en tuera un autre. » Et si nul ne voulait le mentionner en présence des cochons ou des chiens, le sentiment était que les tueries qui avaient été perpétrées[2] ne cadraient pas avec cette prescription. Clémence demanda à Benjamin de lui lire le Sixième Commandement, et lorsque Benjamin répondit comme d'habitude qu'il refusait de se mêler de ce type d'affaires, elle partit chercher Muriel. La chèvre lui lut le commandement. Il était inscrit : « Aucun animal n'en tuera un autre *sans motif.* » D'une manière ou d'une autre, la mémoire des animaux n'avait pas retenu ces deux derniers mots. Mais ils voyaient maintenant que le commandement n'avait pas été enfreint[3] ; car il y avait sûrement une bonne raison pour supprimer les traîtres qui s'étaient acoquinés[4] avec Nelson.

Durant toute l'année, les animaux travaillèrent plus dur encore que l'année précédente. Reconstruire le moulin à vent avec des murs deux fois plus épais, et achever la construction à la date fixée tout en s'acquittant du travail habituel de la ferme,

Notes

1. **stipulait** : indiquait de façon impérative.
2. **perpétrées** : accomplies (pour un acte criminel ou malfaisant).
3. **n'avait pas été enfreint** : avait été respecté.
4. **acoquinés** : associés (terme péjoratif de la même famille que « coquin »).

représentait un labeur considérable. Parfois, les animaux avaient l'impression de travailler plus longtemps et de ne pas être mieux nourris que du temps de Jones. Le dimanche matin, Couineur, tenant dans sa patte une longue bande de papier, leur lisait des listes de chiffres prouvant que la production de toutes les catégories de denrées avait augmenté de deux cents pour cent, trois cents pour cent ou cinq cents pour cent, selon les cas. Les animaux ne voyaient aucune raison de ne pas le croire, d'autant qu'ils ne se souvenaient plus très bien de la situation d'avant la Révolte. Mais tout de même, certains jours ils se disaient qu'ils auraient préféré avoir moins de chiffres et plus à manger.

Tous les ordres étaient maintenant transmis par Couineur ou l'un des autres cochons. Napoléon lui-même ne paraissait presque plus en public, pas même une fois tous les quinze jours. Et lorsqu'il se montrait, à sa garde rapprochée de chiens venait s'adjoindre un jeune coq noir qui défilait devant lui, à la façon d'un trompette, et poussait un retentissant cocorico avant que le Leader ne prenne la parole. Jusque dans le corps de ferme, disait-on, Napoléon occupait des appartements séparés. Il prenait ses repas seul : deux chiens le servaient et il mangeait toujours dans le service Crown Derby[1] qui était rangé dans l'armoire vitrée du salon. On fit savoir également qu'un coup de fusil serait tiré chaque année, le jour de l'anniversaire de Napoléon, comme on le faisait pour les deux autres dates anniversaires.

Napoléon n'était plus jamais désigné par son simple nom. On se référait toujours à lui dans un style très officiel, « Notre Leader, le camarade Napoléon », et les cochons aimaient lui attribuer des titres tels que Père de tous les animaux, Terreur du genre humain, Protecteur de la bergerie, Ami des canetons, et autres appellations de même farine[2]. Dans ses discours, Coui-

Notes

1. **service Crown Derby** : vaisselle en porcelaine fabriquée par la prestigieuse Royal Crown Derby Porcelain Compagny, une manufacture basée à Derby, désignée « fournisseur de porcelaine de Sa Majesté » par la reine Victoria en 1890.
2. **de même farine** : de même espèce (expression familière).

neur parlait de la sagesse de Napoléon, de la bonté de son cœur, et de son profond amour pour la gent animale[1], en particulier pour les infortunés des autres fermes encore dans l'ignorance et l'esclavage. Il était désormais courant de porter à l'actif de Napoléon[2] toute réalisation couronnée de succès et tout coup du sort[3] favorable. Il était fréquent d'entendre une poule dire à sa voisine : « Sous la conduite de notre Leader, le camarade Napoléon, j'ai pondu cinq œufs en six jours » ; ou bien deux vaches, se désaltérant au bassin, s'exclamer : « Grâce au leadership du camarade Napoléon, cette eau a vraiment très bon goût ! » Un poème composé par Minimus, intitulé « Le Camarade Napoléon », exprimait bien le sentiment général à la ferme :

Protecteur du délaissé[4] !
Fontaine de félicité !
Seigneur de la pâtée !
Mon âme flamboie
Lorsque je perçois
Ton œil serein[5] et impérieux
Tel un astre dans les cieux,
Camarade Napoléon !
Tout ce que chérissent tes créatures
Tu le pourvois[6], c'est sûr,
Ventre plein deux fois le jour
Et litière[7] fraîche toujours ;
Animaux de toute nature,
De grande ou petite envergure[8],
Dorment en paix, c'est merveille,
Car sur toutes assurément tu veilles

Notes

1. **la gent animale** : l'espèce animale.
2. **porter à l'actif de Napoléon** : mettre sur le compte de Napoléon quand il s'agit d'un fait positif.
3. **coup du sort** : fruit du hasard.
4. **délaissé** : personne abandonnée.
5. **serein** : tranquille, paisible.
6. **pourvois** : fournis.
7. **litière** : couche de paille sur laquelle dorment les animaux.
8. **envergure** : dimension.

Camarade Napoléon !
Eussé-je[1] *un porcelet,*
Avant même que de franchir
La taille d'un roitelet[2]*,*
Il devra savoir, cet enfantelet,
T'être fidèle et t'obéir,
Oui, ses premiers mots seront
« Camarade Napoléon ! »

Napoléon donna son approbation au poème et ordonna qu'on l'inscrive sur le mur de la grange, à l'opposé des Sept Commandements. Au-dessus, Couineur traça, à la peinture blanche, le portrait de Napoléon, vu de profil.

Pendant ce temps Napoléon menait, par l'entremise de Whymper, des négociations ardues[3] avec Frederick et Pilkington. Le lot de bois n'était toujours pas vendu. Des deux fermiers, Frederick était le plus désireux d'en faire l'acquisition, mais le prix qu'il proposait n'était pas raisonnable. Au même moment, les rumeurs reprirent selon lesquelles Frederick et ses hommes projetaient d'attaquer la Ferme des Animaux et de détruire le moulin à vent, dont la construction avait suscité une furieuse jalousie chez le fermier. On savait que Nelson se cachait toujours à la Ferme de Pré Pincettes. En plein été, les animaux apprirent avec inquiétude que trois poules s'étaient présentées et avaient reconnu avoir participé, à l'instigation[4] de Nelson, à un complot visant à assassiner Napoléon. Elles furent exécutées sur-le-champ, en même temps que de nouvelles précautions étaient prises pour assurer la sécurité du Leader. La nuit, quatre molosses montaient la garde autour de son lit, un à

Notes

1. **Eussé-je** : si j'avais ; la forme est à l'imparfait du subjonctif (j'eusse), l'accent est rendu nécessaire par l'inversion du sujet pour des raisons de prononciation.
2. **roitelet** : sorte de passereau (petit oiseau). Le traducteur a choisi ce terme qui ne figure pas dans la chanson en anglais pour les nécessités de la rime.
3. **ardues** : difficiles.
4. **à l'instigation** : à l'initiative.

chaque angle, et un jeune cochon du nom de Roses-Mirettes avait pour tâche de goûter toute sa nourriture, de peur qu'elle ne soit empoisonnée.

À peu près à cette période, on annonça que Napoléon s'était entendu avec M. Pilkington pour lui vendre le bois ; il s'apprêtait également à passer un accord en bonne et due forme concernant l'échange de certains produits entre la Ferme des Animaux et celle de Boisrenard. Les relations entre Napoléon et Pilkington, même si elles passaient entièrement par Whymper, étaient maintenant presque cordiales[1]. Les animaux se méfiaient de Pilkington en tant qu'être humain, mais le préféraient grandement à Frederick, qu'ils craignaient autant qu'ils le haïssaient. Alors que l'été avançait et que la construction du moulin à vent touchait à sa fin, les rumeurs d'une attaque scélérate[2] imminente allaient en s'amplifiant. Frederick avait pour intention, disait-on, d'engager contre eux une vingtaine d'hommes tous armés de fusils, et il avait déjà soudoyé[3] les magistrats et la police, de sorte que si jamais il mettait la main sur les titres de propriété de la Ferme des Animaux, ils ne poseraient aucune question. Qui plus est, des histoires épouvantables émanaient[4] de Pré Pincettes à propos des cruautés que Frederick faisait subir à ses animaux. Il avait fouetté à mort un vieux cheval, il affamait ses vaches, il avait tué un chien en le jetant dans un four, il s'amusait le soir en faisant combattre des coqs aux ergots[5] armés d'éclats de lames de rasoir. Le sang des animaux ne faisait qu'un tour en apprenant ce que subissaient leurs camarades, et ils réclamaient parfois à cor et à cri[6] le droit de partir attaquer en masse la Ferme de Pré Pincettes, en chasser les humains et libérer les animaux. Mais Couineur leur conseilla d'éviter toute

Notes

1. cordiales : aimables.
2. scélérate : en traître.
3. soudoyé : donné de l'argent en échange d'une action malhonnête.
4. émanaient : provenaient.
5. ergots : pointes recourbées derrière chaque talon (pour les coqs).
6. à cor et à cri : en insistant bruyamment ; expression appartenant à l'origine au lexique de la chasse.

action inconsidérée[1] et de s'en remettre à la stratégie du camarade Napoléon.

Cependant, l'animosité[2] envers Frederick restait extrêmement vive. Un dimanche matin, Napoléon fit son apparition dans la grange et expliqua qu'il n'avait absolument jamais envisagé de vendre le bois à Frederick ; il lui paraissait tout à fait indigne, disait-il, de traiter avec des fripouilles de cette espèce. Les pigeons, que l'on envoyait toujours à l'extérieur diffuser les nouvelles de la Révolte, avaient interdiction de se poser où que ce fût[3] à Boisrenard ; ils reçurent aussi l'ordre d'abandonner le slogan précédent de « Mort au genre humain » et de le remplacer par « Mort à Frederick ». Vers la fin de l'été, une nouvelle machination[4] de Nelson fut décelée[5]. Le blé sur pied était envahi par les mauvaises herbes et on découvrit qu'à l'occasion d'une de ses visites nocturnes, Nelson avait mélangé des graines de mauvaises herbes avec les semences de blé. Un jars[6] qui avait trempé dans le complot avoua sa faute à Couineur, avant de se suicider séance tenante en avalant des baies de morelle noire[7]. Les animaux apprirent également que Nelson – contrairement à ce que nombre d'entre eux pensaient jusqu'ici – n'avait jamais été cité à l'ordre de « Animal héros militaire, première classe ». C'était tout bonnement une légende que Nelson lui-même avait propagée quelque temps après la Bataille de l'Étable. Loin d'avoir été décoré, il avait été blâmé pour avoir fait preuve de lâcheté au combat. Une fois encore, certains animaux manifestèrent une certaine perplexité en entendant cela, mais Couineur réussit rapidement à les convaincre que leur mémoire leur jouait des tours.

Notes

1. **inconsidérée** : irréfléchie.
2. **animosité** : agressivité.
3. **où que ce fût** : imparfait du subjonctif du verbe « être » (où que ce soit).
4. **machination** : ruse, stratagème destiné(e) à nuire aux autres.
5. **décelée** : découverte.
6. **jars** : mâle de l'oie.
7. **morelle noire** : mauvaise herbe courante, toxique pour les animaux.

À l'automne, moyennant un effort aussi colossal qu'exténuant – car il avait fallu moissonner pour ainsi dire au même moment – le moulin à vent fut achevé. Il fallait encore installer la machinerie – Whymper négociait son achat –, mais la structure elle-même était achevée. Malgré tous les obstacles, en dépit du manque d'expérience, d'un matériel rudimentaire, de la malchance et de la perfidie de Nelson, l'ouvrage avait été mené à terme avec ponctualité, au jour dit. Épuisés mais fiers, les animaux tournèrent, encore et encore, autour de leur chef-d'œuvre qui leur semblait bien plus magnifique que le premier édifice[1]. En outre, les murs étaient deux fois plus épais que précédemment. Rien moins que des explosifs pourrait en venir à bout cette fois-ci. Et au souvenir de la peine qu'ils s'étaient donnée, des moments de découragement qu'ils avaient surmontés, et du formidable changement que connaîtraient leurs vies lorsque les ailes tourneraient et que les dynamos[2] fonctionneraient – en pensant à tout cela, leur épuisement disparut et ils se mirent à gambader tout autour du moulin en poussant des cris de triomphe. Napoléon lui-même, accompagné de ses chiens et de son coquelet, s'en vint faire une visite d'inspection de l'ouvrage achevé ; il félicita en personne les animaux pour leur exploit et annonça que l'édifice prendrait le nom de Moulin Napoléon.

Deux jours plus tard, les animaux furent convoqués à la grange en Meeting extraordinaire. Ils restèrent muets de surprise lorsque Napoléon annonça qu'il avait vendu le lot de bois à Frederick. Demain les chariots du voisin commenceraient à convoyer[3] les pièces. Durant toute la période de sa soi-disant amitié avec Pilkington, Napoléon traitait en fait secrètement avec Frederick.

Notes

1. **édifice** : bâtiment.
2. **dynamos** : mécanismes transformant l'énergie mécanique du moulin en énergie électrique.
3. **convoyer** : transporter.

Toutes les relations avec Boisrenard avaient été rompues; des messages d'insulte avaient été adressés à Pilkington. Les pigeons devaient éviter Pré Pincettes et remplacer le slogan « À mort Frederick » par « À mort Pilkington ». En même temps, Napoléon assura aux animaux que les racontars[1] faisant état d'une attaque imminente contre la Ferme des Animaux étaient dénués de tout fondement[2], et que les histoires sur la cruauté de Frederick envers ses propres bêtes étaient grandement exagérées. Toutes ces rumeurs étaient probablement à mettre sur le compte de Nelson et de ses agents. Quant à Nelson, ce n'était pas à Pré Pincettes qu'il se cachait, finalement; et, pour dire le vrai, il n'y était jamais allé : il vivait – dans le plus grand luxe, disait-on – à Boisrenard, pensionné depuis plusieurs années par Pilkington.

Les cochons étaient en extase devant l'habileté de Napoléon. En faisant semblant d'être l'ami de Pilkington, il avait obligé Frederick à augmenter son offre de douze livres[3]. Mais l'intelligence exceptionnelle de Napoléon, disait Couineur, transparaissait dans le fait qu'il ne faisait confiance à personne, pas même à Frederick. Ce dernier avait voulu payer le bois au moyen d'un chèque – un morceau de papier où était inscrite la promesse d'un paiement, apparemment. Mais Napoléon était trop astucieux pour lui. Il avait demandé à être payé en billets de cinq livres, à lui remettre avant l'enlèvement du bois. Frederick avait déjà versé la somme; et le montant de cette somme correspondait au prix de la machinerie du moulin.

Pendant ce temps, l'enlèvement des pièces de bois se faisait à vive allure. Lorsque tout le lot fut débarrassé, un autre Meeting spécial se tint dans la grange pour que les animaux puissent inspecter les billets de banque de Frederick. Un sourire béat[4] sur les lèvres, arborant ses deux décorations, Napoléon reposait sur l'estrade, sur un lit de paille, l'argent soigneusement empilé à

Notes

1. **racontars** : rumeurs.
2. **étaient dénués de tout fondement** : n'étaient pas fondés, étaient faux.
3. **livres** : monnaie britannique.
4. **béat** : satisfait, comblé.

ses côtés dans un plat de porcelaine provenant de la cuisine. Les animaux défilèrent lentement, chacun scrutant tout son soûl[1]. Et Vaillant avança le museau pour renifler les billets de banque, et les délicates coupures blanches s'agitaient et bruissaient sous son souffle.

Trois jours plus tard, il y eut un terrible raffut[2]. Whymper, blême[3], remontait le chemin en toute hâte sur sa bicyclette, la jetait par terre dans la cour et s'engouffrait dans la maison. L'instant d'après, un rugissement de rage étouffé s'échappait des appartements de Napoléon. La nouvelle de ce qui s'était passé fit le tour de la ferme comme une traînée de poudre[4]. Les billets de banque étaient des faux ! Frederick avait obtenu le lot de bois sans débourser un sou !

Napoléon rassembla immédiatement les animaux et, d'une voix terrible, condamna Frederick à la peine de mort. Une fois capturé, dit-il, il faudra le faire bouillir vivant. Et en même temps, il les alerta : après cette traîtrise, on pouvait s'attendre au pire. Frederick et ses hommes pouvaient à tout moment déclencher l'attaque prévue de longue date. Des sentinelles furent postées sur toutes les voies d'accès à la ferme. De plus, quatre pigeons furent envoyés à Boisrenard avec un message de conciliation[5] qui, on l'espérait, permettrait de rétablir de bonnes relations avec Pilkington.

Dès le lendemain matin, l'attaque était lancée. Les animaux prenaient leur petit-déjeuner quand les guetteurs surgirent précipitamment pour annoncer que Frederick et ses gens avaient déjà franchi la barrière à cinq traverses. Non sans hardiesse[6], les animaux sortirent à leur rencontre, mais cette fois la victoire ne

Notes

1. **tout son soûl** : autant qu'il le voulait.
2. **raffut** : agitation.
3. **blême** : très pâle.
4. **comme une traînée de poudre** : très rapidement.
5. **conciliation** : bonne entente.
6. **Non sans hardiesse** : Très courageusement ; « hardiesse » est un synonyme de « grand courage » ; « non sans » constitue une double négation qui s'annule.

leur sourit pas aussi facilement qu'à la Bataille de l'Étable. Les hommes, au nombre de quinze, détenaient une demi-douzaine de fusils et ils ouvrirent le feu dès qu'ils se trouvèrent à moins de cinquante mètres. Impossible pour les animaux de faire face aux terrifiantes explosions et aux cuisantes[1] blessures des plombs ; malgré les efforts de Napoléon et de Vaillant pour les regrouper, ils furent rapidement repoussés. Nombre d'entre eux étaient déjà blessés. Ils se réfugièrent dans les bâtiments de la ferme et épièrent[2] prudemment l'ennemi au travers des trous et des fentes. Tout le grand pâturage, y compris le moulin à vent, était aux mains de l'ennemi. Pour l'heure, Napoléon lui-même semblait désemparé. Il allait et venait sans un mot, sa queue rectiligne toute crispée d'un tic nerveux. Il regardait avec regret dans la direction de Boisrenard. Si Pilkington et ses hommes voulaient bien les aider, ils pourraient encore s'en sortir. C'est alors que les quatre pigeons envoyés en mission la veille revinrent ; l'un d'entre eux était porteur d'un bout de papier sur lequel Pilkington avait inscrit au crayon : « C'est bien fait. »

Entre-temps, Frederick et ses hommes avaient fait halte[3] près du moulin. Les animaux les observaient et un murmure consterné[4] se fit entendre. Deux des hommes avaient sorti une barre à mine[5] et une masse. Ils s'apprêtaient à démolir le moulin.

« Impossible ! s'écria Napoléon. Nos murs sont bien trop épais pour cela. Une semaine ne leur suffirait pas. Courage, camarades ! »

Mais Benjamin regardait attentivement les gestes des hommes. Les deux qui étaient armés de la barre à mine et de la masse perçaient un trou près du soubassement du moulin. Lentement, un peu comme s'il s'en amusait, Benjamin hochait son long museau.

Notes

1. **cuisantes** : douloureuses comme s'il s'agissait d'une brûlure.
2. **épièrent** : surveillèrent discrètement.
3. **avaient fait halte** : s'étaient arrêtés.
4. **consterné** : dérouté et attristé.
5. **barre à mine** : outil destiné à creuser un trou dans la roche pour y glisser l'explosif qui la fera éclater.

« C'est bien ce que je pensais, dit-il. Vous ne voyez donc pas ce qu'ils font ? Ils s'apprêtent à emplir ce trou de poudre. »

Terrifiés, les animaux attendaient. Il était maintenant impossible de s'aventurer hors des bâtiments. Quelques minutes plus tard, on vit les hommes courir dans toutes les directions. Puis on entendit un grondement assourdissant. Les pigeons s'élevèrent dans les airs en tournoyant et tous les animaux, à l'exception de Napoléon, se jetèrent à plat ventre face contre terre. Lorsqu'ils se relevèrent, un énorme nuage de fumée noire flottait à l'emplacement du moulin. Lentement, la brise le fit dériver. Le moulin avait cessé d'exister !

À cette vue, les animaux reprirent courage. La peur et le désespoir ressentis un peu plus tôt disparurent, remplacés par la rage que provoquait en eux cet acte ignoble, méprisable. Une formidable clameur de vengeance s'éleva, et sans attendre de nouvelles directives[1], ils chargèrent[2], droit sur l'ennemi. Cette fois-ci ils ne tenaient aucun compte des projectiles impitoyables qui s'abattaient sur eux comme de la grêle. La bataille était féroce, acharnée. Les hommes faisaient feu sans relâche et, quand les animaux furent tout près, ils cognèrent à coups de bâtons ou avec leurs lourdes bottes. Une vache, trois moutons et deux oies furent tués, et presque tout le monde fut blessé. Napoléon lui-même, qui dirigeait les opérations de l'arrière, eut le bout de la queue emporté par un plomb. Mais les hommes ne furent pas épargnés non plus. Trois d'entre eux eurent la tête brisée par les coups de sabot de Vaillant ; un autre fut éventré par un coup de corne ; un autre encore vit son pantalon quasiment arraché par les chiennes Jo et Noisette. Et lorsque les neuf chiens de la garde personnelle de Napoléon, à qui le Leader avait ordonné d'opérer un mouvement tournant sous le couvert de la haie, apparurent soudain sur le flanc des assaillants, donnant férocement de la voix, la panique les envahit. Frederick hurla à ses

Notes

1. **directives** : ordres, instructions.

2. **chargèrent** : foncèrent (vocabulaire militaire).

hommes de prendre la fuite pendant qu'il en était encore temps, et l'instant d'après, c'était la déroute complète chez ces lâches. Les animaux les poursuivirent jusqu'à l'extrémité du pré, tout en bas, et leur administrèrent encore quelques ruades[1] tandis qu'ils se faufilaient à travers la haie d'épineux.

Ils avaient gagné, mais ils étaient épuisés et en sang. Lentement ils regagnèrent la ferme clopin-clopant[2]. La vue de leurs camarades morts étendus sur l'herbe arracha des larmes à certains d'entre eux. Et ils s'arrêtèrent quelques instants, dans un silence douloureux, à l'endroit où s'élevait auparavant le moulin. Eh oui, plus de moulin ; il n'y avait pour ainsi dire plus trace de leur labeur ! Même les fondations étaient en partie détruites. Et pour sa reconstruction ils ne pouvaient, comme précédemment, utiliser les pierres écroulées. Cette fois, elles aussi avaient disparu. La puissance de l'explosion les avait projetées à des centaines de mètres. C'était comme si le moulin n'avait jamais existé.

Comme ils approchaient de la ferme, Couineur, qui avait été inexplicablement absent durant le combat, vint à leur rencontre en sautillant ; il remuait la queue et rayonnait de satisfaction. Là-dessus, les animaux entendirent, venant des bâtiments de la ferme, la détonation solennelle d'un fusil.

« C'est quoi, ce coup de fusil ? demanda Vaillant.

— C'est pour fêter notre victoire, s'exclama Couineur.

— Quelle victoire ? » rétorqua Vaillant. Ses genoux saignaient, il avait perdu un fer, un de ses sabots s'était fendu, et une douzaine de plombs s'étaient logés dans sa jambe arrière.

« Quelle victoire, camarade ? N'avons-nous pas repoussé l'ennemi hors de notre territoire – le territoire sacré de la Ferme des Animaux ?

— Mais ils ont détruit le moulin. Et il nous avait fallu deux ans de travail !

Notes

1. **ruades** : mouvements des chevaux qui consistent à projeter en arrière leurs pattes postérieures en prenant appui sur les membres antérieurs.

2. **clopin-clopant** : en boitant (familier).

— Qu'importe ? Nous en bâtirons un autre. Nous bâtirons six moulins si cela nous chante. Camarade, tu n'apprécies pas notre exploit à sa juste valeur. L'ennemi occupait le sol même sur lequel nous nous tenons. Et maintenant – grâce au leadership[1] du camarade Napoléon –, nous en avons reconquis jusqu'au moindre centimètre carré !

— Alors nous avons récupéré notre bien, dit Vaillant.

— C'est là notre victoire », répliqua Couineur.

Ils entrèrent dans la cour en boitillant. Les plombs enfoncés dans la jambe de Vaillant, sous la peau, lui causaient une douleur cuisante. Il se représentait le considérable labeur à venir de reconstruction du moulin, depuis les fondations, et en imagination il se préparait déjà à affronter la tâche. Pourtant pour la première fois il lui vint à l'esprit qu'il avait onze ans et que peut-être ses muscles n'avaient plus tout à fait la vigueur d'antan[2].

Mais lorsque les animaux virent flotter le drapeau vert, et entendirent de nouveau le fusil – on compta sept détonations en tout – puis le discours de Napoléon les félicitant pour leur bravoure, il leur sembla bien, après tout, avoir remporté une grande victoire. Les animaux morts au combat reçurent des funérailles[3] solennelles. Vaillant et Clémence tiraient le chariot qui tenait lieu de corbillard[4], et Napoléon en personne marchait en tête du cortège. Deux jours pleins[5] furent consacrés aux célébrations. Il y eut des chants, des discours et de nouveau des salves de fusil[6] ; exceptionnellement, chaque animal se vit octroyer une pomme, de même que chaque volatile recevait deux onces[7]

Notes

1. **leadership** : commandement, autorité.
2. **d'antan** : d'autrefois.
3. **funérailles** : cérémonie à l'occasion de l'enterrement d'une personnalité ; le mot est toujours au pluriel.
4. **corbillard** : voiture utilisée pour transporter un cercueil.
5. **pleins** : entiers.
6. **salves de fusil** : coups de fusil en rafales ; il s'agit souvent d'une célébration.
7. **deux onces** : environ soixante grammes.

de blé et chacun des chiens trois biscuits. Il fut annoncé que la bataille prendrait le nom de Bataille du Moulin à Vent et qu'une nouvelle décoration avait été créée par Napoléon, l'Ordre de la bannière verte, qu'il s'était conférée à lui-même. Dans la liesse[1] générale, la déplorable affaire des billets de banque fut oubliée.

C'est à quelques jours de là que les cochons tombèrent sur une caisse de whisky dans les caves de la maison. On n'y avait pas prêté attention aux premiers jours de l'occupation des lieux. Cette nuit-là se firent entendre, en provenance de la maison, des chants bruyants auxquels étaient mêlées, à la surprise de tous, des bribes d'*Animaux d'Angleterre*. Vers neuf heures et demie du soir, Napoléon, coiffé d'un vieux chapeau melon de M. Jones, sortait par la porte de derrière – c'était lui, sans aucun doute –, faisait le tour de la cour au galop et réintégrait le bâtiment. Mais au matin un profond silence enveloppait la maison. Aucun cochon ne donnait signe de vie. Il était presque neuf heures du matin lorsque Couineur se montra : il marchait lentement, comme accablé, les yeux ternes, la queue pendant mollement, et présentant tous les signes d'une sérieuse maladie. Il rassembla les animaux et leur signifia qu'il avait une terrible nouvelle à leur communiquer. Le camarade Napoléon était mourant !

Des cris, des lamentations s'élevèrent. On étala de la paille devant les portes de la maison, et les animaux marchaient sur la pointe des pattes. Les larmes aux yeux, ils s'interrogeaient les uns les autres sur ce qu'il conviendrait de faire si leur Leader leur était enlevé. Une rumeur circula selon laquelle Nelson avait finalement trouvé le moyen d'empoisonner la nourriture de Napoléon. Sur les coups de onze heures, Couineur sortit pour faire une nouvelle annonce. Comme dernière décision en

Note

1. **liesse** : joie.

ce bas monde, le camarade Napoléon avait pris un décret solennel : la consommation d'alcool serait punie de mort.

Le soir venu, toutefois, Napoléon semblait aller mieux, et le lendemain matin Couineur était en mesure de leur annoncer qu'il était sur la voie de la guérison. Le soir de ce même jour, Napoléon était de nouveau au travail, et le lendemain on apprit qu'il avait chargé Whymper d'acheter à Willingdon des brochures sur le brassage et la distillation. Une semaine plus tard, Napoléon donna l'ordre de labourer le petit enclos au-delà du verger – celui-là même que l'on avait prévu de réserver au pacage[1] des animaux qui n'étaient plus en âge de travailler. Le pâturage était épuisé et il était nécessaire de le réensemencer, expliqua-t-on ; mais on apprit bientôt qu'il était dans l'intention de Napoléon d'y faire semer de l'orge[2].

C'est à peu près à cette époque que survint un curieux incident difficile à expliquer. Un soir, vers minuit, on entendit un grand fracas dans la cour et tous les animaux se précipitèrent hors de leurs box. Dans le clair de lune, sur le mur du fond de la grange, là où étaient inscrits les Sept Commandements, une échelle était couchée, brisée en deux. Couineur était étendu à côté, momentanément inconscient, et à proximité se trouvaient une lanterne, un pinceau et un pot renversé de peinture blanche. Les chiens se mirent immédiatement en cercle autour de Couineur et, dès qu'il put marcher, le reconduisirent jusqu'à la maison. Aucun des animaux n'avait idée de ce que cela signifiait, à l'exception du vieux Benjamin, qui hochait le museau d'un air entendu et semblait comprendre, mais sans piper mot[3].

Quelques jours plus tard, cependant, Muriel, qui relisait pour elle-même les Sept Commandements, remarqua qu'il y en avait

Notes

1. **pacage** : action de paître.
2. **orge** : céréale qui est le principal ingrédient du whisky et de la bière.
3. **sans piper mot** : sans dire un mot.

un autre dont les animaux n'avaient pas le juste souvenir. Ils pensaient que le Cinquième Commandement était : «Aucun animal ne boira d'alcool.» Mais ils avaient oublié deux mots. En réalité, le commandement disait : «Aucun animal ne boira d'alcool *en excès.*»

«À Notre Cher Staline, la Nation.»
Lithographie, 1949.

Chapitre 9

Le sabot fendu de Vaillant fut long à guérir. La reconstruction du moulin avait débuté dès le lendemain des fêtes célébrant la victoire. Vaillant se refusait à prendre ne serait-ce qu'un jour de congé et mettait un point d'honneur à cacher ses souffrances. Le soir, il avoua en privé à Clémence que son sabot lui faisait très mal. Celle-ci le soigna en apposant des cataplasmes[1] d'herbes mastiquées, et la jument ainsi que Benjamin l'incitaient vivement à se ménager. « Les poumons d'un cheval ne sont pas éternels », lui disait-elle. Mais Vaillant n'en tenait aucun compte. Il n'avait plus, disait-il, qu'un seul véritable objectif – voir les travaux du moulin bien engagés avant d'avoir atteint l'âge de la retraite.

À l'origine, lorsque les lois de la Ferme des Animaux avaient été édictées[2], l'âge de la retraite avait été fixé à douze ans pour les chevaux et les cochons, quatorze pour les vaches, neuf pour les chiens, sept pour les moutons, et cinq pour les poules et les oies. On s'était mis d'accord pour attribuer de généreuses pensions[3]. Jusqu'à maintenant, aucun animal n'avait encore pris sa retraite, mais ces derniers temps le sujet était débattu de plus en plus fréquemment. Maintenant que le petit champ au-delà

Notes

1. **cataplasmes** : médicament sous la forme d'une pâte épaisse et, en général, chaude, glissée entre deux linges et appliquée sur les blessures.

2. **édictées** : publiées pour être appliquées.

3. **pensions** : rémunérations perçues à la retraite.

du verger était réservé à la culture de l'orge, on disait qu'une portion de la grande prairie allait être clôturée et transformée en pâturage pour les animaux devenus inaptes[1]. Pour un cheval, la pension serait de cinq livres[2] de blé par jour et, en hiver, de quinze livres de foin, avec une carotte ou peut-être une pomme les jours fériés. Vaillant devait fêter son douzième anniversaire à la fin de l'été de l'année suivante.

En attendant, la vie était dure. L'hiver était aussi glacial que l'année précédente, et les vivres encore plus restreints. De nouveau, toutes les rations furent réduites, sauf pour les cochons et les chiens. Une trop stricte égalité des rations, expliquait Couineur, aurait été contraire aux principes de l'Animalisme. De toute façon il n'avait aucun mal à prouver aux autres animaux qu'en réalité ils *ne* souffraient *pas* d'une pénurie alimentaire, malgré les apparences. Pour l'heure, certes, il avait été nécessaire de procéder à un réajustement des rations (Couineur parlait toujours de « réajustement », jamais de « réduction »), mais, par comparaison avec l'époque de Jones, l'amélioration était considérable. En égrenant[3] les chiffres à toute allure d'une voix perçante, il leur prouvait dans le détail qu'ils avaient plus d'avoine, de foin et de betteraves que du temps de Jones, que leur temps de travail était plus court, que leur eau potable était de meilleure qualité, qu'ils vivaient plus longtemps, qu'un pourcentage moins important de leurs petits mourait en bas âge, qu'ils avaient plus de paille dans leurs box et que les puces les tourmentaient moins. Les animaux n'avaient aucun doute là-dessus. Pour dire la vérité, Jones et tout ce qu'il représentait s'étaient presque effacés de leur mémoire. Ils savaient que leur vie d'aujourd'hui était rude, réduite au minimum, qu'ils avaient souvent faim et souvent froid, et que, hors des moments de sommeil, ils étaient le

Notes

1. **inaptes** : incapables de travailler.
2. **cinq livres** : environ 2,5 kg; la livre (« *pound* ») est une mesure de poids qui équivaut à 0,45 kg.
3. **égrenant** : énumérant (littéralement « grain à grain »).

plus souvent au travail. Mais, à n'en pas douter, c'était bien pire dans l'ancien temps. Croire cela les réjouissait. De plus, à cette époque, ils étaient esclaves, et maintenant ils étaient libres, ce qui faisait toute la différence, comme Couineur ne manquait pas de le souligner.

Il y avait maintenant bien plus de bouches à nourrir. À l'automne, les quatre truies avaient mis bas presque simultanément, donnant naissance, à elles toutes, à trente et un nouveau-nés. Les jeunes cochons étaient pie[1], et comme Napoléon était le seul verrat de la ferme, il n'était pas difficile de deviner leur parenté. Il fut annoncé que, plus tard, lorsqu'on aurait fait l'acquisition de briques et de bois d'œuvre, une salle de classe serait construite dans le jardin du corps d'habitation. Pour le moment, c'est Napoléon en personne qui assurait leur instruction, dans la cuisine. Ils prenaient de l'exercice dans le jardin et on les dissuadait de jouer avec les autres jeunes animaux. À peu près à cette même époque, on posa comme règle que lorsqu'un cochon et un autre animal se croisaient sur le chemin, l'autre animal devait s'écarter ; et aussi que tous les cochons, quel que soit leur rang, auraient le privilège de porter des rubans verts à leur queue le dimanche.

L'année, à la ferme, avait été assez fructueuse[2], mais on manquait toujours d'argent. Il fallait acheter les briques, le sable et la chaux pour la salle de classe, et il allait falloir commencer à économiser de nouveau pour la machinerie du moulin. Et il y avait l'huile des lampes et les bougies pour la maison, le sucre pour la table de Napoléon (il en interdisait l'usage aux autres cochons au motif qu'ils devenaient trop gras), et tout ce qui devait être régulièrement réapprovisionné : outillage, clous, ficelle, charbon, fil de fer, ferraille et biscuits pour les chiens. On vendit un peu de foin et une partie de la récolte de pommes de terre, tandis que le contrat pour les œufs était rehaussé à six cents[3] par

Notes

1. **pie** : noir et blanc.
2. **fructueuse** : avantageuse.
3. Six cents œufs par semaine.

semaine, de sorte que, cette année-là, les poules couvèrent tout juste assez de poussins pour maintenir leur nombre au même niveau. Les rations avaient été réduites en décembre et le furent de nouveau en février; quant aux lanternes, elles furent interdites dans les box pour économiser l'huile. Mais les cochons semblaient être assez à l'aise; à vrai dire, ils prenaient même du poids. Un après-midi, vers la fin de février, de puissants et appétissants effluves[1] – les animaux n'avaient jamais senti pareille odeur – flottèrent dans la cour en provenance de la petite brasserie[2], désaffectée[3] du temps de Jones et située à l'arrière de la cuisine. Quelqu'un dit que c'était l'odeur de cuisson de l'orge. Les animaux humaient[4] l'air avec avidité[5] et se demandaient si une bouillie chaude n'était pas en préparation pour le repas du soir. Mais aucune bouillie n'apparut et le dimanche suivant on annonça que dorénavant toute l'orge serait réservée aux cochons. Le champ au-delà du verger avait déjà été ensemencé en orge. Et la nouvelle fut bientôt ébruitée[6] : chaque cochon recevait maintenant quotidiennement une pinte[7] de bière, et Napoléon dix pintes pour lui tout seul, qui lui étaient toujours servies dans la soupière Crown Derby.

Il fallait certes endurer des épreuves, mais celles-ci se trouvaient en partie compensées du fait que l'existence à présent se parait d'une plus grande dignité qu'auparavant. Il y avait davantage de chants, de discours, de cortèges. Napoléon avait donné l'ordre que se tienne, chaque semaine, une Manifestation spontanée ayant pour objet de célébrer les luttes et les triomphes de la Ferme des Animaux. À l'heure prévue, les animaux quittaient le travail et parcouraient tout le domaine de la ferme en formation militaire. À l'avant marchaient les cochons, puis les chevaux,

Notes

1. **effluves** : odeurs.
2. **brasserie** : lieu où l'on produit de la bière.
3. **désaffectée** : inutilisée.
4. **humaient** : respiraient pour percevoir l'odeur.
5. **avidité** : un grand désir.
6. **ébruitée** : répandue, diffusée.
7. **pinte** : un demi-litre environ.

les vaches, les moutons et la volaille. Les chiens encadraient la parade[1] tandis que le coquelet noir de Napoléon ouvrait la marche. Vaillant et Clémence portaient toujours entre eux une bannière verte, ornée de la corne et du sabot, sur laquelle on lisait : « Longue vie au camarade Napoléon ! » Puis on récitait des poèmes composés en l'honneur de Napoléon, Couineur faisait un discours détaillant les toutes dernières augmentations dans la production des biens de consommation, et parfois un coup de fusil était tiré. Les moutons étaient les plus fidèles adeptes de la Manifestation spontanée, et si quiconque se plaignait (comme parfois quelques animaux le faisaient, à distance des cochons et des chiens) de la perte de temps et d'avoir beaucoup à piétiner dans le froid, les moutons ne manquaient pas de le réduire au silence en bêlant à qui mieux mieux : « Vive les quatre pattes ! À bas les deux pattes ! » Mais, dans l'ensemble, les animaux appréciaient ces cérémonies. Ils trouvaient du réconfort à ce qu'on leur rappelle qu'ils étaient leurs propres maîtres, après tout, et que c'était à leur propre bénéfice qu'ils travaillaient. De sorte qu'en mettant bout à bout les chants, les parades, les listes de chiffres de Couineur, les détonations du fusil, le chant du coquelet et le flottement du drapeau, ils parvenaient à oublier, un certain temps du moins, qu'ils avaient le ventre vide.

Au mois d'avril, on proclama la république à la Ferme des Animaux et il fallut élire un président. Il n'y avait qu'un seul candidat, Napoléon, qui fut élu à l'unanimité. Le même jour, on apprit qu'avaient été découverts de nouveaux documents plus explicites[2] sur la complicité entre Nelson et Jones. Il apparaissait que Nelson, contrairement à ce que les animaux avaient supposé, n'avait pas seulement tenté de perdre la Bataille de l'Étable en usant d'un stratagème, mais qu'il avait ouvertement combattu dans le camp de Jones. À vrai dire, c'est lui qui avait, de fait, pris le commandement des forces humaines et avait mené

Notes

1. **parade** : défilé.

2. **explicites** : clairs, évidents.

la charge au cri de « Vive l'Humanité ! ». Quant aux blessures sur l'échine[1], dont quelques-uns des animaux avaient encore le souvenir, Nelson les devait aux dents de Napoléon.

Au milieu de l'été, le corbeau Mortimer réapparut soudainement, après plusieurs années d'absence. Il était égal à lui-même, ne travaillait toujours pas et parlait avec la même fougue[2] de la Montagne Toutensucre. Il se perchait sur une souche, donnait des battements de ses ailes noires et pérorait[3] des heures durant devant qui voulait bien l'écouter. « Là-haut, camarades, déclarait-il d'un ton solennel, et il pointait son grand bec vers le ciel, là-haut, juste de l'autre côté de ce nuage sombre que vous voyez – voilà où elle se trouve, la Montagne Toutensucre, cette heureuse contrée où nous autres pauvres bêtes nous reposerons de nos peines pour l'éternité ! » Il prétendait même y être parvenu lors d'un de ses vols à haute altitude, et avoir vu les champs de trèfle éternels et les tourteaux de lin et les morceaux de sucre poussant dans les haies. Les animaux étaient nombreux à le croire. Leurs vies actuelles, raisonnaient-ils, n'étaient que labeur et disette[4] ; n'était-il pas légitime et équitable qu'un monde meilleur existe ailleurs ? Ce qui était difficile à comprendre, c'était l'attitude des cochons envers Mortimer. Tous déclaraient avec dédain que tout ce qu'il racontait à propos de la Montagne Toutensucre n'était que mensonges, et cependant ils l'autorisaient à rester à la ferme, sans travailler, et lui attribuaient chaque jour un bock[5] de bière.

Une fois son sabot guéri, Vaillant travailla plus dur que jamais. D'ailleurs, tous les animaux travaillèrent comme des forçats cette année-là. Aux activités habituelles de la ferme et à la reconstruction du moulin s'ajoutait la construction de l'école pour porcelets, qui débuta en mars. Les longues heures passées

Notes

1. **échine** : dos (pour un animal).
2. **fougue** : énergie, enthousiasme.
3. **pérorait** : discourait de façon prétentieuse.
4. **disette** : famine.
5. **bock** : verre à bière contenant environ un quart de litre.

sans nourriture suffisante étaient parfois difficilement supportables, mais jamais Vaillant ne faiblissait. Rien dans ses propos ou dans ses actes ne laissait transparaître que sa puissance n'était plus la même. Seule son apparence s'était quelque peu modifiée ; sa robe était moins luisante qu'auparavant et ses hanches semblaient s'être creusées. Les autres disaient « Vaillant retrouvera la forme quand poussera l'herbe du printemps » ; mais vint le printemps et Vaillant ne grossissait pas. Parfois, sur la pente menant au sommet de la carrière, lorsqu'il bandait ses muscles sous le poids de quelque énorme bloc de pierre, il semblait que seule la volonté de persévérer le maintenait debout. En de pareils moments, on voyait ses lèvres articuler les mots « Je travaillerai plus dur » ; il n'avait plus de voix. De nouveau, Clémence et Benjamin lui demandèrent de faire attention à sa santé, mais Vaillant n'écoutait pas. Son douzième anniversaire approchait. Peu lui importait la suite, pour autant qu'il ait entassé une bonne réserve de pierres avant de partir à la retraite.

Tard un soir d'été, une rumeur soudaine fit le tour de la ferme : quelque chose était arrivé à Vaillant. Il était parti seul tirer un chargement de pierres jusqu'au moulin. Et assurément la rumeur disait vrai. Quelques minutes plus tard, deux pigeons revenaient à tire-d'aile avec la nouvelle : « Vaillant est tombé ! Il est allongé sur le flanc et ne peut plus se relever ! »

Près de la moitié des animaux de la ferme se hâtèrent jusqu'au monticule où se dressait le moulin. Vaillant était couché là, entre les brancards de la charrette, l'encolure[1] tendue, incapable de seulement redresser la tête. Ses yeux étaient vitreux[2], ses flancs couverts de sueur. Un mince filet de sang gouttait hors de sa bouche. Clémence tomba à genoux à côté de lui.

« Vaillant ! s'écria-t-elle, qu'est-ce que tu as ?

— C'est mon poumon, dit Vaillant d'une voix faible. Ça n'a pas d'importance. Je pense que vous pourrez finir le moulin

Notes

1. **encolure** : cou (pour un cheval).
2. **vitreux** : sans éclat.

sans moi. Un bon stock de pierres a été empilé. Il ne me restait plus qu'un mois à faire, de toute façon. Pour te dire la vérité, j'attendais la retraite avec impatience. Et comme Benjamin se fait vieux lui aussi, peut-être le laisseront-ils prendre sa retraite en même temps et ainsi me tenir compagnie.

— Il nous faut de l'aide immédiatement, dit Clémence. Que quelqu'un aille vite dire à Couineur ce qui s'est passé. »

Tous les autres animaux retournèrent en courant à la ferme prévenir Couineur. Seule Clémence resta, ainsi que Benjamin qui s'allongea à côté de Vaillant et, sans un mot, se mit à chasser les mouches de sa longue queue. Environ un quart d'heure plus tard, Couineur apparut, chaleureux, l'air inquiet. Le camarade Napoléon, dit-il, avait appris avec la plus profonde affliction[1] l'infortune advenue à l'un des plus fidèles travailleurs de la ferme ; il prenait déjà des dispositions pour que Vaillant soit pris en charge à l'hôpital de Willingdon. Sur quoi une certaine gêne gagna les animaux. À l'exception de Mollie et de Nelson, aucun autre animal n'avait jamais quitté la ferme, et l'idée de leur camarade mal en point entre les mains des humains ne leur plaisait pas du tout. Couineur, cependant, les persuada aisément que le vétérinaire de Willingdon saurait soigner Vaillant bien plus sûrement qu'on ne l'eût fait à la ferme. Et environ une demi-heure plus tard, lorsque Vaillant eut récupéré quelque peu, on l'aida non sans mal à se remettre debout, et il réussit à boitiller jusqu'à son box que Clémence et Benjamin avaient garni d'un bon lit de paille.

Vaillant passa les deux jours suivants dans son box. Les cochons lui avaient fait parvenir un grand flacon d'un médicament de couleur rose qu'ils avaient trouvé dans l'armoire à pharmacie de la salle de bains, et Clémence lui en administrait deux fois par jour après les repas. Le soir, elle s'étendait dans son box et lui parlait tandis que Benjamin écartait les mouches. Vaillant

Note

1. **affliction** : tristesse.

prétendait ne pas regretter ce qui s'était passé. S'il récupérait bien, il pouvait espérer vivre encore trois ans, et il attendait avec impatience les jours paisibles à venir dans l'angle du grand pâturage. Pour la première fois, il disposerait de temps pour étudier et s'enrichir l'esprit. Il avait l'intention, disait-il, de consacrer le restant de sa vie à apprendre les vingt-deux lettres restantes de l'alphabet.

Cependant, Benjamin et Clémence ne pouvaient rendre visite à Vaillant qu'après les heures de travail, et c'est en pleine journée que le fourgon vint le chercher. Tous les animaux étaient occupés à désherber les navets sous la surveillance d'un cochon lorsque, à leur grand étonnement, Benjamin accourut de la ferme en galopant, brayant[1] à tue-tête. C'est bien la première fois qu'ils voyaient Benjamin dans un tel état d'excitation – et pour tout dire, c'était la première fois qu'on le voyait galoper. « Vite, vite ! criait-il. Venez tout de suite ! Ils emmènent Vaillant ! » Sans attendre les ordres du cochon, les animaux plantèrent là leur travail et regagnèrent les bâtiments en toute hâte. Effectivement, là dans la cour, se trouvait un grand fourgon fermé tiré par deux chevaux, avec des inscriptions sur les côtés ; un homme à la mine fourbe[2], un chapeau melon[3] enfoncé sur l'œil, tenait les rênes. Et le box de Vaillant était vide.

Les animaux se pressèrent autour du fourgon. « Au revoir, Vaillant ! s'écrièrent-ils en chœur, au revoir !

— Espèces d'idiots ! hurlait Benjamin, en bondissant autour d'eux et piétinant le sol de ses petits sabots. Espèces d'idiots ! Vous ne voyez donc pas ce qui est écrit sur le côté du fourgon ? »

Les animaux cessèrent leurs cris, le silence se fit. Muriel se mit à déchiffrer l'inscription. Mais Benjamin la poussa sur le côté et, dans un silence de mort, il lut :

Notes

1. **brayant** : criant (pour un âne).
2. **fourbe** : rusée.
3. **chapeau melon** : sorte de chapeau à la mode à l'époque, notamment chez les notables anglais.

« “Alfred Simmonds, équarrisseur de chevaux et fabricant de colle, Willingdon. Négociant en peaux et farines animales. Livraison des chenils[1].” Vous ne comprenez pas ce que ça veut dire ? Ils mènent Vaillant à l'abattoir ! »

Tous poussèrent un cri d'horreur. Au même moment, le cocher fouetta ses chevaux et le fourgon quitta la cour d'un trot rapide. Tous coururent derrière en criant de toutes leurs forces et Clémence se fraya un passage en tête. Le fourgon prenait de la vitesse. La jument voulut s'élancer au grand galop sur ses fortes jambes, mais ce galop resta bien petit. « Vaillant ! cria-t-elle. Vaillant ! Vaillant ! Vaillant ! » Et à ce moment précis, comme s'il avait entendu le vacarme extérieur, la tête du cheval avec sa bande blanche sur le front apparut à la lucarne à l'arrière du fourgon.

« Vaillant ! hurla Clémence d'une voix épouvantable, Vaillant ! Sors de là ! Vite, sors de là ! Ils te mènent à la mort ! »

Tous les animaux reprirent ce cri : « Sors de là, Vaillant, sors de là, vite ! » Mais le fourgon accélérait et déjà les distançait. Vaillant avait-il entendu ce que disait Clémence ? En tout cas un moment plus tard sa tête disparut de la lucarne et on entendit à l'intérieur un formidable tambourinage de sabots. Il essayait de s'échapper en décochant des ruades. En d'autres temps, quelques coups de sabots auraient mis le fourgon en pièces. Hélas, ses forces l'avaient abandonné ; et bientôt le tambourinage s'affaiblit pour finalement s'éteindre. En désespoir de cause, les animaux se mirent à supplier les deux chevaux qui tiraient le fourgon de s'arrêter. « Camarades, camarades ! s'écriaient-ils. Ne menez pas votre propre frère à la mort ! » Mais les stupides brutes, trop ignares[2] pour comprendre ce qui se passait, se contentèrent de rabattre les oreilles vers l'arrière et de forcer l'allure. La tête de Vaillant ne se montrait plus à la lucarne. Quelqu'un eut l'idée – mais trop tard – de courir de l'avant et de refermer la barrière

Notes

1. **chenils** : hébergements pour chiens.

2. **ignares** : profondément ignorants.

à cinq traverses; mais déjà le fourgon l'avait franchie et disparaissait vivement le long de la route. On ne revit plus jamais Vaillant.

Trois jours plus tard, on annonça qu'il était mort à l'hôpital de Willingdon, bien qu'il eût reçu tous les soins qu'un cheval fût[1] en mesure de recevoir. Couineur vint annoncer la nouvelle. Il avait été présent, disait-il, durant les dernières heures.

« C'était le spectacle le plus émouvant que j'aie jamais vu ! rapporta-t-il et il leva la patte pour essuyer une larme. J'étais à son chevet jusqu'à ses tout derniers instants. Et à la fin, presque trop faible pour parler, il me souffla à l'oreille que son seul regret était de partir sans avoir vu le moulin achevé. "En avant, camarades !" murmurait-il. "En avant au nom de la Révolte. Longue vie à la Ferme des Animaux ! Longue vie au camarade Napoléon ! Napoléon a toujours raison !" Telles furent ses toutes dernières paroles, camarades. »

À ce moment-là, Couineur changea soudain d'attitude. Il resta silencieux quelques instants, et ses petits yeux lancèrent des regards méfiants d'un côté et de l'autre avant de poursuivre.

Il avait entendu parler, dit-il, d'une rumeur stupide et malveillante qui avait circulé lors du départ de Vaillant. Certains avaient relevé, sur le fourgon qui emmenait leur camarade, le terme d'« équarrisseur », et en avaient conclu hâtivement que Vaillant partait à l'abattoir. C'était incroyable, dit-il, qu'on puisse être aussi stupide. Mais enfin, s'indignait-il, remuant la queue et sautillant de-ci de-là, je suis sûr que vous connaissez mieux que cela votre bien-aimé Leader, le camarade Napoléon ! L'explication était vraiment très simple. Le fourgon avait appartenu précédemment à l'équarrisseur, puis avait été racheté par le vétérinaire, lequel n'avait pas encore effacé l'ancienne inscription pour y peindre son nom. Là était la source de l'erreur.

Note

1. *eût* et *fût* sont les imparfaits du subjonctif des verbes « avoir » et « être ».

À ces paroles, les animaux ressentirent un profond soulagement. Et lorsque Couineur poursuivit en fournissant une description détaillée de Vaillant sur son lit de mort, des soins admirables qui lui avaient été prodigués, des médicaments coûteux que Napoléon avait payés sans penser un instant à leur prix, leurs derniers doutes s'évanouirent et la tristesse que leur causait la mort de leur camarade se trouva atténuée par la pensée qu'au moins il était mort heureux.

Lors du Meeting du dimanche suivant, Napoléon parut en personne et prononça une courte oraison[1] en hommage à Vaillant. Il n'avait pas été possible, dit-il, de ramener la dépouille[2] du regretté camarade pour l'inhumer à la ferme, mais il avait donné l'ordre de confectionner une grande couronne mortuaire avec les lauriers du jardin et de la déposer sur sa tombe. Et d'ici quelques jours, les cochons avaient l'intention d'organiser un banquet commémoratif[3] en son honneur. À la fin de son discours, Napoléon rappela les deux maximes favorites de Vaillant : « Je travaillerai plus dur ! » et « Le camarade Napoléon a toujours raison ! » – maximes, ajouta-t-il, que chacun ferait bien de faire siennes.

Le jour même du banquet, la camionnette d'un épicier venant de Willingdon livra une grande caisse à la ferme. Cette nuit-là, on entendit des chants entonnés à tue-tête puis les éclats de ce qui ressemblait à une violente querelle et, pour finir, vers onze heures du soir, un gigantesque fracas de verre brisé. Nul dans la maison ne bougea avant midi le lendemain, et le bruit courut que les cochons s'étaient procuré, d'une manière ou d'une autre, l'argent pour s'acheter une autre caisse de whisky.

Notes

1. **oraison** : ici, oraison funèbre, discours en l'hommage d'une personne décédée.

2. **dépouille** : corps d'une personne décédée.

3. **commémoratif** : destiné à se souvenir.

Au fil du texte

Questions sur le chapitre 9 (lignes 191 à 358)

QUE S'EST-IL PASSÉ ENTRE-TEMPS ?

1 Quel événement dramatique inaugure l'accès de Napoléon au pouvoir absolu ?

2 Quel autre évènement tout aussi dramatique confirme le pouvoir de Napoléon et se traduit par la disparition de l'hymne *Animaux d'Angleterre* ?

3 Quelle modification chacun des commandements suivants subit-il ?
Quatrième Commandement : Aucun animal ne dormira dans un lit ....
Cinquième Commandement : Aucun animal ne boira d'alcool ....
Sixième Commandement : Aucun animal n'en tuera un autre ....

4 Qui est Whymper ? Que souhaite lui cacher Napoléon ?

5 Comment s'explique chacune des destructions du moulin ?

AVEZ-VOUS BIEN LU ?

6 Quel animal quitte définitivement la ferme dans ce passage ? Au départ de quels animaux avant celui-ci le passage fait-il allusion ? Rappelez très brièvement les circonstances.

7 Indiquez si les faits suivants sont avérés ou ne sont que de fausses informations diffusées par les cochons.

a) Vaillant est tombé alors qu'il était parti tirer tout seul un chargement de pierres.

b) Vaillant était à un mois de la retraite.

c) Vaillant est soigné à l'hôpital de Willingdon.

d) Vaillant voudrait apprendre les lettres qu'il ne connaît pas encore.

e) Un fourgon vient chercher le cheval malade à la ferme.

f) Une grande couronne mortuaire est déposée sur la tombe de Vaillant.

8 Rappelez à quelles occasions, dans ce passage, la ferme est à deux reprises en contact avec l'extérieur.

ÉTUDIER UNE SCÈNE D'ACTION

9 Quels animaux courent ou se hâtent dans ce passage ? Justifiez votre réponse en relevant les termes exprimant la précipitation. Qu'est-ce qui justifie cette hâte ?

Types et formes de phrases

Chaque type de phrase (déclarative, interrogative, impérative) peut adopter une ou plusieurs formes : négative, exclamative, passive, impersonnelle. Ex. : *Ne cours pas !* Phrase de type impératif et de formes négative et exclamative.

10 Lignes 272 à 295. Quels types et formes de phrases rencontre-t-on dans les paroles placées entre guillemets ? Quel est l'effet produit ?

11 Lignes 272 à 295. Relevez dans le récit* deux phrases qui ont l'intonation de l'oral et expliquez leur rôle.

***récit* : un récit est une histoire rapportée par un narrateur qui participe ou non à l'action. On distingue le récit, ce qui est raconté, et les paroles rapportées.**

Les propositions

La proposition est un groupe de mots centré sur un verbe conjugué à un mode personnel :

- la proposition **indépendante** se suffit à elle-même ;
- la proposition **principale** est complétée par une ou plusieurs subordonnées ;
- la proposition **subordonnée** (relative, conjonctive, interrogative), introduite par un mot subordonnant, complète la principale.

12. Lignes 272 à 281. Relevez, dans les passages de récit exclusivement, les différentes propositions et précisez leur classe grammaticale. Quel effet cette syntaxe produit-elle ?

Étudier une scène pathétique

13. À quels signes voit-on que Vaillant souffre ou est épuisé ?

14. Comment les animaux manifestent-ils leur soutien au cheval ?

15. Comparez les projets de Vaillant (lignes 238 à 244) et le dénouement de l'épisode. Que ressent, selon vous, le lecteur ?

16. Après avoir répondu à la question 15, repérez une autre opposition qui produit chez le lecteur des émotions similaires.

Étudier l'implicite

17. Quelles informations concernant les cochons sont implicites dans le dernier paragraphe du chapitre ? Que veut souligner l'auteur ?

18. Quel rôle joue l'ignorance dans le déroulement de l'épisode ? Quel message George Orwell exprime-t-il ?

Lire l'image

19. Comparez la propagande orchestrée par Couineur à celle exprimée par l'affiche de la page 108.

À vos plumes !

20. Un(e) camarade s'est blessé(e) lors d'une randonnée. En reprenant le vocabulaire de la précipitation et le style employé dans l'extrait du chapitre 9 étudié, racontez l'événement.

21. Le soir, après le départ de Vaillant, Clémence, Muriel et Benjamin se retrouvent pour commenter l'événement. Imaginez leur dialogue.

Chapitre 10

Les années passaient. Les saisons s'en venaient, s'en allaient, les brèves existences des animaux défilaient à toute vitesse. Vint le temps où nul ne se souvenait plus de l'époque d'avant la Révolte, hormis Clémence, Benjamin, Mortimer le corbeau, et quelques cochons.

Muriel était morte ; Chipie, Jo et Noisette aussi. Jones également était mort – dans un établissement de soins pour alcooliques, quelque part dans le pays. Nelson était tombé dans l'oubli ; Vaillant également, excepté pour les quelques-uns qui l'avaient connu. Clémence était vieille et replète[1] maintenant, elle avait les articulations raides et les yeux chassieux[2]. Elle avait dépassé de deux ans l'âge de la retraite, mais à vrai dire jamais aucun animal n'avait effectivement bénéficié de la retraite. L'idée de réserver un coin de la grande prairie pour les animaux à la réforme avait fait long feu[3] depuis longtemps. Napoléon était maintenant un verrat d'âge mûr d'un quintal et demi[4]. Couineur était si gras qu'il ouvrait difficilement les yeux. Seul le vieux Benjamin restait égal à lui-même – à l'exception peut-

Notes

1. **replète** : un peu grosse.
2. **chassieux** : dont les paupières sécrètent une substance jaunâtre appelée « chassie ».
3. **avait fait long feu** : ici, avait échoué. L'expression, souvent employée à la forme négative, peut aussi signifier « durer ».
4. **un quintal et demi** : 150 kg.

être de son mufle[1] un peu plus gris – et, depuis la mort de Vaillant, demeurait plus sombre et taciturne que jamais.

La ferme était maintenant bien plus peuplée, même si l'accroissement n'était pas aussi important que ce qui avait été anticipé dans les premières années. Pour beaucoup de jeunes animaux, la Révolte n'était qu'une lointaine tradition, transmise de bouche à oreille, et d'autres avaient été achetés, qui n'en avaient jamais entendu parler avant leur arrivée sur les lieux.

Outre Clémence, la ferme comptait maintenant trois chevaux : des animaux de belle allure, pleins de bonne volonté dans le travail et bons camarades, mais très stupides. Aucun d'eux ne se révéla capable de retenir les lettres de l'alphabet au-delà du B. Ils acceptaient tout ce qui leur était dit à propos de la Révolte et des principes de l'Animalisme, notamment de la part de Clémence à qui ils témoignaient un respect quasi filial[2], mais y comprenaient-ils grand-chose, on pouvait en douter.

La ferme était plus prospère maintenant, et mieux organisée : elle s'était même agrandie de deux parcelles achetées à M. Pilkington. Le moulin avait enfin été achevé avec succès, on disposait d'une batteuse et d'un élévateur à foin, et de nouveaux bâtiments avaient été construits. Whymper s'était acheté une charrette. Le moulin, toutefois, ne servait pas à produire de l'électricité. On l'utilisait pour moudre le blé, ce qui assurait d'appréciables bénéfices. Les animaux travaillaient dur à la construction d'un autre moulin ; lorsqu'il serait achevé, des dynamos y seraient installées, disait-on. Mais toutes ces choses mirifiques[3], auxquelles Nelson les avait habitués à rêver, les box pourvus d'électricité et d'eau chaude et froide, et la semaine de trois jours, il n'en était plus question. Napoléon avait condamné tout cela comme contraire à l'esprit de l'Animalisme. Le véri-

Notes

1. **mufle** : extrémité du museau.
2. **filial** : comme s'ils étaient ses fils.
3. **mirifiques** : admirables, prodigieuses.

table bonheur, professait-il[1], c'est dans le travail persévérant et une existence frugale[2] qu'on le trouve.

On aurait dit que la ferme s'était enrichie sans pour autant enrichir les animaux eux-mêmes – hormis, bien sûr, les cochons et les chiens. Peut-être en partie parce qu'il y avait tant de cochons et tant de chiens. Non pas que[3] ceux-ci ne travaillaient pas, à leur façon. Comme Couineur ne cessait de l'expliquer, la surveillance et l'organisation de la ferme constituaient une source inépuisable de travail. Et une grande part de cette activité, les autres animaux étaient trop ignorants pour en comprendre la nature. Couineur leur exposa, par exemple, que les cochons devaient se pencher tous les jours pendant des heures sur des choses mystérieuses qui avaient noms « fichiers », « rapports », « minutes » et « mémoires ». Il s'agissait de grandes feuilles de papier qu'il fallait entièrement recouvrir d'écritures, et que l'on faisait brûler dès qu'elles étaient ainsi couvertes. C'était de la plus haute importance pour le bien-être de la ferme, aux dires de[4] Couineur. Mais tout de même, pas plus les cochons que les chiens ne produisaient de nourriture par leur travail ; et ils étaient nombreux et avaient toujours bon appétit.

Quant aux autres, leur vie, pour ce qu'ils en savaient, était semblable à ce qu'elle avait toujours été. Ils avaient faim, en règle générale, ils dormaient sur la paille, ils buvaient à l'abreuvoir, ils peinaient dans les champs ; en hiver ils étaient incommodés par le froid, et en été par les mouches. Parfois, les plus âgés d'entre eux sondaient leur mémoire déclinante et tentaient d'établir si, dans les premiers jours qui avaient suivi la Révolte, juste après l'expulsion de Jones, la vie avait été plus facile ou plus difficile que maintenant. Ils ne s'en souvenaient pas. Il n'y avait rien à quoi comparer leurs vies actuelles : ils ne disposaient de rien d'autre que les listes de chiffres de Couineur, qui prouvaient invariablement que tout allait de mieux en mieux. Les

Notes

1. **professait-il** : enseignait-il.
2. **frugale** : simple, sans aucun superflu.
3. **Non pas que** : Ce n'est pas que.
4. **aux dires de** : selon.

animaux trouvaient le problème insoluble[1]; et de toute façon, ils n'avaient guère le temps de s'interroger sur ces questions, maintenant. Seul le vieux Benjamin affirmait se souvenir de chaque détail de sa longue vie et savoir que les choses n'avaient jamais été, ni ne pouvaient jamais être bien meilleures ou bien pires – la faim, les épreuves et la désillusion constituant, à ce qu'il disait, l'immuable loi de la vie.

Et pourtant les animaux gardaient toujours espoir. Mieux, jamais ils ne se départirent, même un instant, du sentiment[2] d'être honorés et privilégiés en tant que membres de la Ferme des Animaux. Leur ferme était toujours la seule du comté – et même de toute l'Angleterre! – à être possédée et exploitée par des animaux. Pas un d'entre eux, pas même les plus jeunes, pas même les nouveaux venus provenant de fermes situées à vingt ou trente kilomètres de là, ne cessait de s'en émerveiller. Et lorsqu'ils entendaient retentir le fusil et qu'ils voyaient le drapeau vert flotter au mât des couleurs, une impérissable fierté emplissait leur cœur, et les conversations évoquaient alors toujours les jours héroïques, l'expulsion de Jones, l'écriture des Sept Commandements, les grandes batailles qui avaient vu la défaite des humains envahisseurs. Pas un des anciens rêves n'avait été abandonné. Ils croyaient encore à la République des Animaux telle qu'annoncée par le Vétéran, lorsque les vertes prairies d'Angleterre ne seraient plus foulées par les humains. Ce jour viendrait : peut-être pas prochainement, peut-être pas du vivant d'aucun animal existant, mais il viendrait. Même l'air d'*Animaux d'Angleterre* était-il peut-être secrètement fredonné ici ou là. En tout cas, tous les animaux de la ferme le connaissaient, c'est sûr, même si aucun d'eux n'aurait osé le chanter tout haut. Leur vie était difficile et tous leurs espoirs n'avaient pas été comblés, certes; mais ils avaient conscience d'être différents des autres animaux. Si la faim les tenaillait, ce n'était pas parce

Notes

1. **insoluble** : impossible à résoudre.

2. **ne se départirent [...] du sentiment** : n'abandonnèrent le sentiment.

qu'ils nourrissaient des humains tyranniques; s'ils travaillaient dur, au moins travaillaient-ils pour eux-mêmes. Nul parmi eux ne se tenait sur deux jambes.

Et nul ne donnait du « Maître » à une autre créature. Tous les animaux étaient égaux.

Un jour, au début de l'été, Couineur ordonna aux moutons de le suivre. Il les conduisit à l'autre extrémité de la ferme, jusqu'à une parcelle en friche qu'avaient envahie de jeunes bouleaux[1]. Les moutons y passèrent toute la journée à brouter les feuilles, surveillés par Couineur. Le soir venu, lui-même s'en retourna à la ferme, mais comme la température était douce, il dit aux moutons de rester sur la friche. Finalement, ils y restèrent une semaine entière, et les autres animaux ne virent rien d'eux durant tout ce temps. Couineur était avec eux presque toute la journée. Il leur apprenait une nouvelle chanson, disait-il, et il était nécessaire d'en garder le secret.

C'est par une belle soirée, juste après le retour des moutons – les animaux regagnaient la ferme après leur journée de travail – que retentit dans la cour un hennissement[2] horrifié. Surpris, les animaux s'immobilisèrent. C'était la voix de Clémence. Elle hennit de nouveau, sur quoi tous les animaux prirent le galop et se précipitèrent dans la cour. C'est alors qu'ils virent ce que Clémence avait vu.

C'était un cochon marchant sur ses pattes de derrière.

Oui, c'était Couineur. Il déambulait[3] dans la cour, de façon un peu gauche[4], comme peinant encore à maintenir son énorme masse dans cette position, mais tout de même en parfait équilibre. Et, quelques instants plus tard, sortant de la maison, apparut une longue file de cochons, tous debout sur leurs pattes de derrière. Certains y parvenaient mieux que d'autres, un ou deux étaient quelque peu chancelants et se seraient bien aidés d'une canne, semblait-il, mais tous firent le tour de la cour avec

Notes

1. **bouleaux** : espèce d'arbres.
2. **hennissement** : cri du cheval.
3. **déambulait** : marchait sans but précis.
4. **gauche** : maladroite.

succès. Et pour finir les chiens se mirent à aboyer de toutes leurs forces et le coquelet noir à chanter à tue-tête, et Napoléon en personne fit son apparition, majestueusement vertical, lançant des regards hautains[1] de côté et d'autre tandis que ses molosses gambadaient autour de lui.

Il tenait un fouet dans sa patte.

Il y eut un silence de mort. Stupéfaits, terrifiés, blottis les uns contre les autres, les animaux regardaient la longue file des cochons paradant lentement autour de la cour. On aurait dit le monde à l'envers. Puis vint le moment où le premier choc se trouva dépassé et où, en dépit de tout – en dépit de leur terreur des chiens et de leur habitude, développée au fil des ans, de ne jamais se plaindre ni critiquer, quoi qu'il advînt –, ils auraient peut-être émis quelque protestation. Mais à ce moment précis, comme sur un signal, les moutons se déchaînèrent tous en formidables bêlements :

« Vive les quatre pattes ! *Gloire* aux deux pattes ! Vive les quatre pattes ! *Gloire* aux deux pattes ! Vive les quatre pattes ! *Gloire* aux deux pattes ! »

Cette clameur se prolongea pendant cinq minutes sans interruption. Et lorsque enfin les moutons se furent calmés, il était trop tard pour élever la moindre protestation, car le cortège des cochons avait réintégré la maison.

Benjamin sentit un museau lui pousser l'épaule. Il se retourna. C'était Clémence. Ses yeux fatigués semblaient plus éteints que jamais. Sans dire un mot, elle tira doucement la crinière de l'âne et le conduisit tout au bout de la grange, là où étaient inscrits les Sept Commandements. Durant une minute ou deux, ils restèrent les yeux fixés sur le mur goudronné et sur l'inscription en lettres blanches.

« Ma vue baisse, dit-elle finalement. Même du temps où j'étais jeune, je n'aurais pas pu lire ce qui est écrit. Mais il me semble

Note

1. **hautains** : supérieurs, méprisants.

que ce mur est différent de ce qu'il était. Les Sept Commandements sont-ils toujours les mêmes, Benjamin ? »

Pour une fois, Benjamin consentit à enfreindre[1] sa propre règle, et il lui lut ce qui était écrit sur le mur. Il ne restait plus qu'un seul Commandement. Il disait :

TOUS LES ANIMAUX SONT ÉGAUX,
MAIS CERTAINS SONT PLUS ÉGAUX QUE D'AUTRES.

Après quoi il ne parut pas étrange, le lendemain, de voir que les cochons supervisant le travail de la ferme tenaient tous un fouet dans leur patte. Il ne parut pas étrange d'apprendre que les cochons s'étaient acheté un poste de radio, faisaient les démarches pour installer le téléphone, et s'étaient abonnés à un quotidien et à deux hebdomadaires de la presse populaire. Il ne parut pas étrange de voir Napoléon se promener dans le jardin la pipe à la bouche – ni même de voir les cochons extraire les vêtements de M. Jones des placards et les revêtir, Napoléon lui-même apparaissant en manteau noir, culotte de chasse et jambières en cuir, tandis que sa truie préférée se montrait dans la robe de soie moirée que Madame Jones portait le dimanche.

Une semaine plus tard, dans l'après-midi, plusieurs charrettes se présentèrent à la ferme. Une délégation des fermiers des environs avait été invitée à visiter les lieux. On les mena partout, et ils firent part de leur grande admiration pour tout ce qu'ils voyaient, notamment le moulin. Les animaux désherbaient le champ de navets. Ils travaillaient avec application, et c'est à peine s'ils levaient la tête, ne sachant, des cochons ou des visiteurs, lesquels étaient les plus à craindre.

Ce soir-là, des rires bruyants et des salves[2] de chants s'échappèrent de la maison. Et tout à coup, ces voix entremêlées éveillèrent la curiosité des animaux. Que pouvait-il se passer là-dedans, maintenant que pour la première fois hommes et

Notes

1. **enfreindre** : ne pas respecter.

2. **salves de chants** : bribes (parties) de chants ; le mot « salve » est ici au sens figuré.

animaux se rencontraient sur un pied d'égalité ? D'un commun accord, ils pénétrèrent aussi discrètement que possible dans le jardin attenant à[1] la maison.

Ils stationnèrent devant la barrière, un peu effrayés d'aller de l'avant, mais Clémence ouvrit la voie. Ils avancèrent jusqu'à la maison, sur la pointe des pattes, et ceux qui étaient assez grands risquèrent un œil par la fenêtre de la salle à manger. Là, autour de la longue table, étaient assis une demi-douzaine de fermiers et une demi-douzaine des plus éminents[2] cochons, Napoléon en personne occupant la place d'honneur en bout de table[3]. Les cochons semblaient parfaitement à l'aise sur leurs chaises. La compagnie venait de terminer une partie de cartes et marquait maintenant une pause, de toute évidence en vue de porter un toast. Un grand pichet circulait, et l'on remplissait de nouveau les chopes de bière. Personne ne faisait attention aux visages perplexes des animaux postés aux fenêtres.

M. Pilkington, de Boisrenard, s'était levé, la chope à la main. Dans un moment, disait-il, il demanderait à l'assemblée de porter un toast[4]. Mais avant, il pensait qu'il lui appartenait de dire quelques mots.

C'était pour lui un motif de grande satisfaction, dit-il, – comme, il en était convaincu, pour nous tous ici présents – d'avoir le sentiment qu'une longue période de défiance[5] et d'incompréhension avait pris fin. Il y avait eu un temps – non que lui, ou quiconque ici présent, ait partagé de pareils sentiments – mais il y avait eu un temps où les estimés propriétaires de la Ferme des Animaux avaient été considérés, il ne dirait pas avec hostilité, mais peut-être avec une certaine dose d'appréhension, par leurs voisins humains. Des incidents regrettables

Notes

1. **attenant à** : touchant.
2. **éminents** : importants, de rang élevé.
3. La scène peut évoquer la conférence de Téhéran qui réunit, en 1943, Staline, Roosevelt et Churchill et prépare les accords de Yalta signés en 1945.
4. **porter un toast** : trinquer, lever son verre pour fêter un événement heureux.
5. **défiance** : crainte, méfiance.

s'étaient produits, des idées fausses avaient circulé. On avait eu le sentiment que l'existence d'une ferme détenue et exploitée par des cochons était une sorte d'anomalie susceptible d'avoir un effet déstabilisant pour le voisinage. Trop de fermiers avaient pensé, sans enquête plus approfondie, qu'un esprit de débauche[1] et d'indiscipline serait de mise dans une telle ferme. Ils avaient craint des répercussions sur leurs propres animaux, et même sur leurs employés. Mais tous ces doutes étaient maintenant dissipés[2]. Aujourd'hui, lui et ses amis avaient pu visiter la Ferme des Animaux et en avaient inspecté, de leurs propres yeux, la moindre parcelle, et qu'avaient-ils découvert ? Non seulement les méthodes les plus modernes, mais aussi un ordre et une discipline dont devraient s'inspirer tous les fermiers. Il pensait ne pas se tromper en disant que les animaux inférieurs de la Ferme des Animaux fournissaient plus de travail et recevaient moins de nourriture que n'importe quel autre animal du comté. Assurément, lui et ses collègues visiteurs avaient découvert aujourd'hui bon nombre de manières de faire qu'ils comptaient mettre en œuvre immédiatement dans leurs propres fermes.

Il mettrait un terme à ses propos, dit-il, en insistant de nouveau sur les sentiments chaleureux qui prévalaient[3], et devaient prévaloir, entre la Ferme des Animaux et ses voisins. Il n'y avait pas, et il ne devait pas y avoir, entre cochons et humains, le moindre conflit d'intérêts. Ils se débattaient avec les mêmes difficultés. Les problèmes de main-d'œuvre n'étaient-ils pas partout les mêmes ? À ce stade de son allocution[4], il apparut clairement que M. Pilkington s'apprêtait à livrer un trait d'esprit soigneusement préparé, mais durant quelques instants sa jubilation[5] fut telle qu'il ne put leur en faire part. Après s'être beaucoup esclaffé[6], ce qui eut pour effet de faire virer son triple

Notes

1. **débauche** : vie déréglée.
2. **dissipés** : effacés.
3. **prévalaient** : étaient les plus importants.
4. **allocution** : discours.
5. **jubilation** : joie intense.
6. **s'être [...] esclaffé** : avoir ri bruyamment.

menton au violet, il parvint à s'en libérer : « Si vous avez des difficultés avec vos animaux inférieurs, dit-il, nous, c'est avec notre classe inférieure ! » Ce *bon mot*[1] déclencha l'hilarité[2] de la tablée ; et M. Pilkington, une fois de plus, félicita les cochons pour les faibles rations, les longues heures de travail et l'absence générale de bien-être qu'il avait observées à la Ferme des Animaux.

Et maintenant, conclut-il, que les membres de l'assistance veuillent bien se lever et s'assurer que leurs chopes sont pleines. « Messieurs, conclut M. Pilkington, Messieurs, je lève ma chope à la prospérité de la Ferme des Animaux ! »

S'ensuivirent des applaudissements enthousiastes et force[3] trépignements. La satisfaction de Napoléon était telle qu'il quitta sa place et fit le tour de la table pour trinquer avec M. Pilkington avant de vider sa chope. Une fois le tumulte apaisé, Napoléon, qui était resté debout, fit comprendre que lui aussi avait quelques mots à dire.

Comme tous les discours de Napoléon, celui-ci fut bref et direct. Lui aussi, dit-il, était content que la période d'incompréhension ait pris fin. Longtemps avaient couru des rumeurs – colportées[4], il avait des raisons de le penser, par un ennemi résolu à leur nuire – rumeurs qui lui imputaient[5] à lui et à ses collègues des visées subversives[6], voire révolutionnaires. On leur prêtait l'intention de vouloir encourager la rébellion parmi les animaux des fermes environnantes. Rien n'était plus éloigné de la vérité ! Leur seul souhait, aujourd'hui comme par le passé, était de vivre en paix avec leurs voisins en cultivant des relations d'affaires normales. Cette ferme qu'il avait l'honneur de diriger, ajouta-t-il, était une entreprise coopérative. Les

Notes

1. ***bon mot*** : l'expression est en français dans le texte.
2. **hilarité** : rire.
3. **force** : un grand nombre de.
4. **colportées** : diffusées.
5. **imputaient** : attribuaient.
6. **subversives** : qui détournent du droit chemin.

titres de propriété, qu'il gardait en sa possession, étaient détenus conjointement par tous les cochons.

Il ne pensait pas, dit-il, qu'aucun des anciens soupçons fût[1] encore vivace, mais certaines modifications avaient été apportées récemment au fonctionnement de la ferme, qui devraient avoir pour effet de renforcer encore plus la confiance. Jusqu'ici les animaux avaient eu l'habitude, assez ridicule, de s'adresser l'un à l'autre en se donnant du « camarade ». Cette coutume serait bientôt abolie. Perdurait[2] également une autre très ancienne coutume, d'origine inconnue, qui consistait à défiler tous les dimanches matin devant le crâne d'un verrat cloué à un poteau dans le jardin. Cette tradition-là également serait abolie, d'ailleurs le crâne avait déjà été enterré. De la même façon, peut-être ses visiteurs avaient-ils remarqué le drapeau vert qui flottait au sommet du mât des couleurs ? Si c'était le cas, ils avaient peut-être noté que le sabot et la corne de couleur blanche, qui y figuraient auparavant, avaient été supprimés. Désormais, le drapeau serait d'un vert uni.

Il n'avait qu'une seule critique à apporter à l'excellent discours de bon voisinage de M. Pilkington. Ce dernier avait parlé, tout du long, de la « Ferme des Animaux ». Bien sûr, il ne pouvait pas savoir – car lui, Napoléon, l'annonçait là pour la première fois – que cette dénomination « Ferme des Animaux » avait été abolie. Dorénavant, le nom de la ferme serait la « Ferme du Manoir », qui était le nom correct d'origine, croyait-il savoir.

« Messieurs, conclut Napoléon, je porterai le même toast que tout à l'heure, mais formulé différemment. Remplissez vos chopes à ras bord. Messieurs, je porte un toast à la prospérité de la Ferme du Manoir ! »

De nouveau retentirent les mêmes applaudissements enthousiastes, et les chopes furent vidées jusqu'à la dernière goutte. Mais tandis que les animaux observaient la scène du dehors, il

Notes

1. **fût** : imparfait du subjonctif (*soit*).

2. **Perdurait** : Continuait.

leur sembla que quelque chose d'étrange se produisait. Qu'est-ce qui avait changé dans la physionomie des cochons ? Les yeux fatigués de Clémence allaient et venaient de l'un à l'autre : chez les uns le menton était quintuple, chez les autres il était quadruple ou triple. Mais qu'est-ce donc qui semblait se diluer et se transformer ? Puis, les applaudissements ayant cessé, les convives reprirent leurs cartes et poursuivirent la partie interrompue. Les animaux s'éclipsèrent en silence.

Ils n'avaient pas parcouru vingt mètres qu'ils se figèrent soudain. Tout un tumulte de voix provenait de la maison. Ils retournèrent en toute hâte jeter un œil à la fenêtre. En effet, une violente dispute avait éclaté. Il y avait des cris, des coups donnés sur la table, des regards perçants, soupçonneux, des dénégations[1] véhémentes. Le conflit semblait trouver son origine dans le fait que Napoléon et M. Pilkington avaient tous deux joué un as de pique au même moment.

Douze voix clamaient leur colère, et elles étaient toutes identiques. Peu importaient, maintenant, les transformations qu'avaient subies les traits des cochons. Dehors, les yeux des animaux se portaient des cochons aux hommes, puis des hommes aux cochons, et encore des cochons aux hommes ; mais déjà il était impossible de les distinguer les uns des autres.

Note

1. **dénégations** : faits de nier quelque chose, protestations.

Au fil du texte

Questions sur le chapitre 10 (lignes 129 à 349)

Que s'est-il passé entre-temps ?

1. En quoi le chapitre 10 se présente-t-il comme un épilogue* ?

2. Combien de chevaux la ferme compte-t-elle désormais ? Qui sont-ils ? Que sait-on à leur sujet ?

3. À quoi sert finalement le moulin enfin construit ? Sur quel nouveau chantier travaillent les animaux ?

4. Quelle conception du bonheur Napoléon professe-t-il ?

5. Pourquoi les animaux de la ferme se sentent-ils différents des autres animaux ?

***Épilogue d'un récit* : conclusion détachée, notamment par une ellipse (saut dans le temps, Ex. : *Deux ans plus tard*) ou un sommaire (résumé bref d'une longue période).**

Avez-vous bien lu ?

6. Indiquez la cause des faits suivants.

   a) Clémence pousse un *« hennissement horrifié »*.

   b) Clémence entraîne Benjamin au bout de la grange.

   c) Un après-midi, *« plusieurs charrettes se présent*[ent] *à la ferme »*.

   d) *« Une violente dispute »* éclate entre Napoléon et M. Pilkington.

7. Barrez les affirmations fausses.

   a) Les cochons supervisent le travail un fouet à la patte.

   b) Seuls Napoléon et Couineur savent se tenir debout.

   c) Les cochons portent les vêtements de M. et Madame Jones.

d) Napoléon fume la pipe.

e) Les cochons regardent la télévision.

f) Les cochons sont abonnés à des journaux.

8) Quel nouveau slogan les moutons ont-ils mémorisé ? Combien de temps leur a-t-il fallu pour l'apprendre ?

9) Que reste-t-il des sept commandements ?

Étudier une scène

Lignes 129 à 167

Le théâtre

Le mot *théâtre* est apparenté au verbe grec *theaomai* qui signifie *regarder*. Tandis que certains se montrent, d'autres les regardent : des comédiens et un public suffisent à définir le théâtre.

10) En quoi consiste la scène délimitée ? Montrez qu'elle a une dimension théâtrale.

11) Quelles sont les réactions successives des animaux qui regardent le défilé des cochons ?

Les modes et les temps

Modes personnels	Modes impersonnels
• **Indicatif** (présent, futur, imparfait, passé simple, passé composé, futur antérieur, plus-que-parfait, passé antérieur, présent et passé du conditionnel) • **Subjonctif** (présent, imparfait, passé et plus-que-parfait) • **Impératif** (présent et passé)	• **Infinitif** (présent et passé) • **Participe** (présent et passé) • **Gérondif** (présent et passé)

12 En laissant de côté les présentatifs *« c'est »* et *« c'était »*, relevez les verbes à un mode personnel en précisant leur sujet et repérez également les quatre formes impersonnelles*. Quels sont les modes et les temps employés ? Quelles sont leurs valeurs respectives ?

***Forme impersonnelle* : un verbe est à la forme impersonnelle lorsque son sujet est le pronom « il » qui ne représente rien ni personne. Ex. : *Il* (sujet grammatical) *reste deux personnes* (sujet logique).**

ÉTUDIER UN ÉPILOGUE

13 Comment George Orwell élargit-il progressivement le fossé qui sépare les cochons des autres animaux de la ferme ?

14 Dans quelle mesure la situation présentée dans le dernier paragraphe est-elle préparée par ce qui précède ? Dans quelle mesure nous surprend-elle malgré tout ?

ÉTUDIER LA LEÇON D'UN APOLOGUE*

***Apologue* : court récit exprimant une leçon.**

15 Comparez le dernier commandement avec les autres commandements précédemment modifiés. Quel est l'effet produit ?

16 Quelle leçon le lecteur est-il amené à tirer du dernier commandement ?

17 Commentez la phrase *« On aurait dit le monde à l'envers »*. Quel éclairage donne-t-elle sur le récit et sa signification ?

Lire l'image

Document de couverture

18 Dégagez la composition de l'image en deux parties contrastées. Que signifie-t-elle selon vous ?

19 Comment la représentation des cochons exprime-t-elle les intentions de George Orwell dans son récit ? Comment a-t-elle pu servir la propagande anti-soviétique des Américains durant la guerre froide ?

À vos plumes !

20 Écrivez le dialogue entre Clémence et Benjamin après la découverte de l'unique commandement. L'âne explique pourquoi il ne proteste jamais alors que la jument, bien qu'âgée, soutient qu'il ne faut jamais accepter l'injustice.

21 Imaginez une situation illustrant le commandement unique inscrit sur le mur de la grange et faites intervenir un personnage qui parviendra à rétablir l'égalité.

Retour sur l'œuvre

Le déroulement de l'action

1 Placez les événements suivants dans l'ordre chronologique.

a) L'arrivée de Whymper

b) Le festin des cochons et des fermiers

c) La Bataille du Moulin à Vent

d) La Bataille de l'Étable

e) La mort de Vaillant

f) La mort de Vétéran

g) Le procès des animaux et les exécutions

h) L'exil de Nelson

i) La révolte des poules

Les personnages

2 Attribuez à chaque animal la parole qu'il a prononcée.
Le Vétéran, Napoléon, Couineur, Vaillant, Clémence, Mollie, Benjamin, Mortimer

a) *« Et est-ce que j'aurai encore le droit de porter des rubans dans ma crinière ? »*

b) *« Espèces d'idiots ! Vous ne voyez donc pas ce qui est écrit sur le côté du fourgon ? »*

c) *« L'Homme est la seule créature qui consomme sans produire. »*

d) *« Vaillant ! Sors de là ! Vite, sors de là ! Ils te mènent à la mort ! »*

e) *« Je suis convaincu qu'aucun d'entre vous ne veut voir revenir Jones, n'est-ce pas ? »*

f) *« Sur la Montagne Toutensucre,* [c'est] *tous les jours dimanche. »*

g) *« Si le camarade Napoléon le dit, c'est sûrement vrai. »*

h) *« Une fois capturé* [...], *il faudra le faire bouillir vivant. »*

3 Complétez chaque phrase avec le nom de l'homme concerné.

a) « Malheureusement, le vacarme réveilla ...., qui se leva d'un bond, persuadé qu'un renard se trouvait dans la cour. Il s'empara du fusil qu'il gardait toujours dans un coin de la chambre et le déchargea dans l'obscurité. »

b) « Tous les lundis, ... venait à la ferme, comme il en avait été convenu. C'était un petit homme à l'air matois. »

c) « Qui plus est, des histoires épouvantables émanaient de Pré Pincettes à propos des cruautés que .... faisait subir à ses animaux. »

d) « .... était un gentleman-farmer décontracté qui passait le plus clair de son temps à pêcher ou à chasser, selon la saison. »

4 Associez chaque personnage à ce qu'il peut représenter.

Napoléon •	• Hitler
Nelson •	• Trotski
Couineur •	• Churchill
Mortimer •	• le tsar Nicolas II
M. Jones •	• Staline
Frederick •	• la propagande officielle
Pilkington •	• la religion

Un fil directeur : le moulin

5 Cochez les réponses exactes.

a) Qui trace le premier les plans du moulin ?

❑ Couineur ❑ Napoléon ❑ Nelson ❑ M. Jones

b) Qui décide finalement de sa construction puis de ses reconstructions ?

❑ Couineur ❑ Napoléon ❑ Nelson ❑ M. Jones

c) À combien de reprises le moulin est-il détruit ?

❑ Deux ❑ Trois ❑ Quatre

d) À combien de reprises les animaux se lancent-ils dans la construction d'un moulin ?

❑ Deux ❑ Trois ❑ Quatre

Lexique littéraire

6 Complétez la grille ci-contre avec les mots correspondant aux définitions ci-dessous. Vous pouvez retrouver tous ces mots dans les notes ou les encadrés des questionnaires.

Horizontalement	Verticalement
1. Personne ou personnage racontant une histoire **2.** Fin détachée d'un récit **3.** Bref résumé d'une longue période **4.** Caractérise la voix d'un verbe dont le sujet subit l'action exprimée **5.** Procédé consistant à interpeller vivement quelqu'un	**A.** Caractérise une interrogation qui n'attend pas de réponse **B.** Saut dans le temps **C.** Fin d'un discours **D.** Histoire racontée **E.** Court récit exprimant une leçon

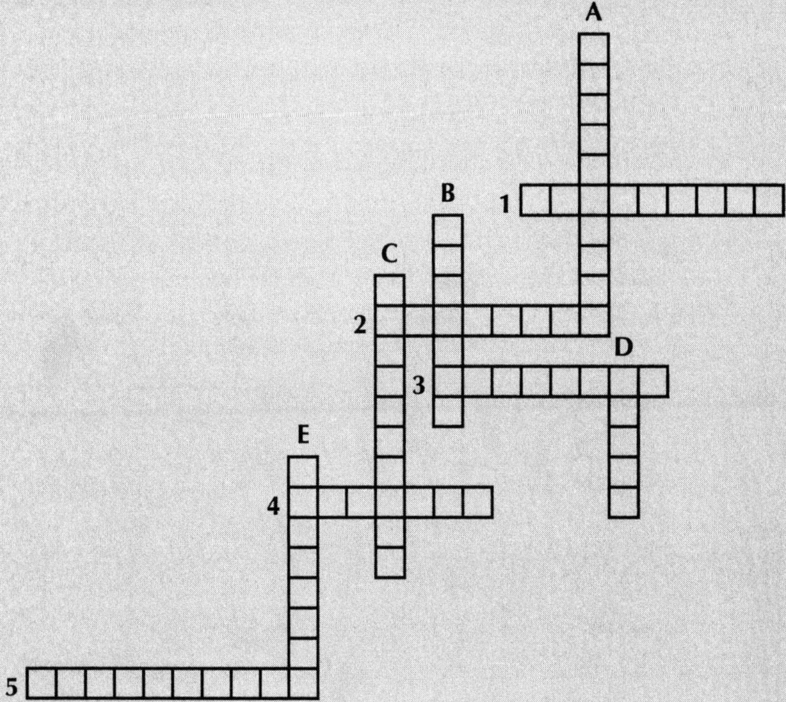
A
B
C
D
E
1
2
3
4
5

Caricature par Norane de Sir Arthur Neville Chamberlain, Adolf Hitler, Benito Mussolini et Édouard Daladier qui esquissent un ballet nouveau, la « danse de la Paix » en Europe, après les accords de Munich, 30 septembre 1938.

Dossier Bibliocollège

La Ferme des animaux

1 L'essentiel sur l'œuvre

La Ferme des animaux (*Animal Farm*) est un apologue satirique écrit durant les derniers mois de la Seconde Guerre mondiale et publié en 1945.

Comme de nombreux écrivains du XXe siècle, George Orwell prend position dans les débats de son temps. Alors que beaucoup d'intellectuels de gauche soutiennent le régime communiste établi en URSS, il écrit *La Ferme des animaux* pour éclairer ses lecteurs quant aux dérives de la politique menée par Staline.

La Ferme des animaux

La Ferme des animaux est un pamphlet dans la mesure où l'auteur représente les dignitaires soviétiques en animaux pour dénoncer leurs abus. Les touches d'humour et les allusions rendent la lecture plaisante. Mais la portée universelle du récit l'inscrit surtout dans le genre de l'apologue.

Le succès du récit d'Orwell est immédiat : les quarante-cinq mille exemplaires de la première édition sont vite épuisés. Depuis, l'apologue ne cesse d'être traduit et publié, conformément au vœu de son auteur d'écrire une histoire « aisément traduite dans d'autres langues ».

2 L'œuvre en un coup d'œil

De la Ferme du Manoir à la Ferme des Animaux (chapitres 1 et 2)
Situation initiale : la ferme appartient à M. Jones, et les animaux y sont maltraités.
– Le Vétéran, avant de mourir, invite les animaux à se libérer (chap. 1). – Les animaux se révoltent et chassent M. Jones (chap. 2). **La ferme est renommée « Ferme des Animaux ».**

De la Ferme des Animaux à la Ferme du Manoir (chapitres 2 à 10)
Situation initiale : les animaux vivent libres et heureux dans la Ferme des Animaux (chap. 2).
A. Les cochons prennent le pouvoir (chapitres 3 et 4) – Les cochons s'attribuent des privilèges liés à leur fonction d'organisateurs. – Les animaux repoussent M. Jones et ses amis lors de la « Bataille de l'Étable » (chap. 4).
B. Napoléon prend le pouvoir et règne en tyran (chapitres 5 à 9) – Napoléon chasse Nelson grâce aux chiens qu'il a élevés en secret et reprend à son compte le projet du moulin imaginé par son rival (chap. 5). – Les animaux travaillent de plus en plus dur, notamment pour construire puis reconstruire deux fois le moulin (chap. 6 et 8). – Napoléon entre en relation avec les hommes : le courtier Whymper (chap. 6), les fermiers (chap. 8). – Napoléon fait exécuter ses opposants (chap. 7). – Vaillant, épuisé et blessé, est envoyé chez l'équarrisseur (chap. 9).
C. Bilan, plusieurs années après (chapitre 10) – Les cochons s'entendent avec les hommes et finissent par leur ressembler. Les autres animaux sont maltraités. – La ferme est renommée « Ferme du Manoir ».

Les camps en présence

C'est dans un contexte social, politique et économique fragile qu'éclate, en juillet 1936, en Espagne, une guerre civile qui durera jusqu'au 1er avril 1939. Elle oppose les républicains au pouvoir et les nationalistes à l'origine d'un coup d'État. On appelle aussi ces derniers les franquistes car le général Franco a pris la direction de leurs troupes.

La position des puissances étrangères

Appelées en renfort par les républicains, la France et la Grande-Bretagne décident de ne pas intervenir. L'Italie appuie les franquistes tandis que l'URSS soutient les républicains, sans envoyer pourtant beaucoup d'hommes sur le terrain.

LA GUERRE D'ESPAGNE : LA VICTOIRE DU TOTALITARISME

Le rôle des intellectuels

De nombreux intellectuels, dont George Orwell, se joignent aux Brigades internationales qui combattent aux côtés des républicains. Mais les engagés soviétiques, suivant les ordres de Staline, en profitent pour neutraliser les groupes trotskistes.

La fin de la République

Combats, exécutions, disparitions : la guerre s'avère particulièrement violente. Elle s'achève par la victoire des franquistes et de terribles règlements de comptes. Franco restera au pouvoir jusqu'à sa mort en 1975.

LA SECONDE GUERRE MONDIALE : LA VICTOIRE DES DEMOCRATIES

Les régimes totalitaires

En Italie, Benito Mussolini, le chef du Parti national fasciste, a pris les pleins pouvoirs en 1925. En 1928, le national-socialisme des travailleurs allemands, le nazisme, fait son apparition dans un contexte de crise économique grave. Adolf Hitler est porté au pouvoir en 1933, et l'idéologie totalitaire qu'il incarne débouche sur une soif de conquêtes et sur le génocide des Juifs. La Seconde Guerre mondiale fera 60 millions de morts.

L'Europe en guerre

On trouve de multiples causes au conflit qui éclate le 1er septembre 1939, peu après que le franquisme a triomphé en Espagne. Les forces démocratiques des Alliés réagissent à l'invasion de la Pologne par Hitler et entrent en guerre contre les forces de l'Axe (Berlin-Rome-Tokyo).

Un nouvel équilibre des forces

Lorsque Hitler rompt le pacte germano-soviétique de non-agression en juin 1941, l'URSS se range du côté des Alliés. Quelques mois plus tard, l'attaque de la flotte américaine par les Japonais à Pearl Harbour pousse les États-Unis à entrer en guerre à leur tour. Avant de remporter la victoire, les Alliés (Churchill, Roosevelt, Staline) se partagent l'Europe à Yalta en février 1945.

La lutte des classes

Pour Karl Marx (1818-1883) et Friedrich Engels (1820-1895), la société est une société de classes dans laquelle s'opposent les bourgeois et les prolétaires (travailleurs) ; une inévitable lutte des classes doit mener à la fin du capitalisme et à l'avènement d'une société égalitaire, communiste (les biens sont en commun).

L'URSS : UNE AUTRE FORME DE TOTALITARISME

De Lénine à Staline

En 1917, après que le tsar Nicolas II a été contraint d'abdiquer, Lénine, le fondateur du Parti bolchevique, prend le pouvoir. Il entreprend d'instaurer une société sans classes en interdisant la contestation, massacrant la famille impériale, nationalisant les terres et les industries. À la mort de Lénine en 1924, deux camps apparaissent, l'un autour de Staline et l'autre, plus démocratique, autour de Trotski. Ce dernier sera expulsé d'URSS par Staline en 1929.

Le régime soviétique

Staline fait régner la terreur : deux millions de personnes sont envoyées dans les camps et 700 000 exécutées. Toute velléité d'opposition est étouffée tandis que la propagande officielle tente de donner au monde une image idéale de la société soviétique.

LES ARTISTES ENGAGÉS

De nouvelles préoccupations

En Angleterre, à partir de 1930, la littérature privilégie l'expression des idées et l'engagement. Alors qu'au début du siècle des romanciers se tournent vers la science (H.G. Wells) ou l'analyse des sentiments (Virginia Woolf), la génération qui suit s'interroge plutôt sur les engrenages du présent et le visage du futur, comme Aldous Huxley dans *Le Meilleur des mondes* (1932).

Des prises de position face aux injustices

Se souvenant de Victor Hugo, d'Émile Zola en France ou de Charles Dickens en Angleterre, les écrivains du XXe siècle prennent la défense du monde ouvrier et s'engagent pour plus de liberté. On les voit notamment se mobiliser contre le franquisme durant la guerre d'Espagne et contre le nazisme pendant la Seconde Guerre mondiale.

Un regard critique sur l'URSS

L'URSS apparaît longtemps comme un modèle pour les intellectuels de gauche et ceux qui osent montrer l'envers du décor, comme Albert Camus en France par exemple, sont souvent mal perçus. En Angleterre, George Orwell avec *La Ferme des animaux* ainsi qu'Arthur Koestler avec *Le Zéro et l'Infini* contribuent à dénoncer la dérive totalitaire du régime.

4 Un récit engagé en 1944

Lorsque George Orwell écrit *La Ferme des animaux*, Hitler mais aussi Mussolini et Franco exercent un pouvoir autoritaire contre lequel se dressent les partisans de la démocratie.
Certains sont séduits par l'URSS qui dit avoir mis en place les préceptes égalitaires du marxisme. Mais George Orwell se montre très critique vis-à-vis de ce régime.

Marxisme

Le marxisme est une critique de la société capitaliste du XIXe siècle qui débouche sur une prise de pouvoir par la classe ouvrière (voir page 150).

I – Un récit

Le récit est une histoire rapportée par un narrateur. Ce dernier choisit l'éclairage à donner aux événements retenus, les émotions à susciter. Lorsque le narrateur ne se manifeste pas clairement, l'histoire donne l'impression de se raconter toute seule ; c'est le cas notamment pour *La Ferme des animaux* où le lecteur perçoit toutefois le regard amusé du narrateur.
L'histoire se déroule dans un certain cadre spatio-temporel. Pour donner à son récit la forme d'un conte ou d'une fable, George Orwell choisit de laisser ce cadre dans le flou : on ne sait pas exactement où ni quand s'enchaînent les événements.
L'histoire peut être vraie (biographie, autobiographie) ou fictive comme dans notre récit. Lorsqu'elle cherche à transmettre une leçon (dans une fable ou un conte), on parle d'« apologue ».

À RETENIR

Un **récit** est une histoire racontée par un narrateur souvent invisible et qui se déroule à une certaine époque et dans un certain lieu. L'histoire peut être réelle ou fictive.

II – Un apologue

Dans « Le Pâtre et le Lion », reprenant la devise du poète latin Horace, La Fontaine expose les deux visées de l'apologue : *« Une morale nue apporte de l'ennui, /Le conte fait passer le précepte avec lui. / En ces sortes de feinte il faut instruire et plaire. »* Différents procédés de narration et d'écriture se mettent au service de ce double enjeu de l'apologue.

> **À RETENIR**
> L'**apologue** est un court récit qui vise à transmettre une leçon en distrayant le lecteur. « *Placere* (plaire) *et docere* (instruire) » est sa devise latine.

Le choix du récit animalier

Les contes et les fables mettent souvent en scène des animaux au service de la leçon à exprimer.

Les animaux représentent des hommes ou des idées ; leur nom est un indicateur important. Ainsi, Vaillant est la figure du courage obstiné, voire borné, comme le suggère aussi son slogan *« Je travaillerai plus dur »*. Napoléon, en accord avec l'empereur auquel il a emprunté son nom, incarne le pouvoir absolu. Couineur ne fait que parler et représente la force manipulatrice de la parole. Les moutons sont réduits à un troupeau ; ils se contentent de répéter ce que les cochons leur ont appris, et, lorsqu'ils se mettent à bêler tous ensemble, il devient impossible d'entendre toute contestation.

> **À RETENIR**
> Les **apologues animaliers** mettent en scène des personnages simplifiés : leur caractère se réduit à un trait essentiel et leur nom suffit parfois à les définir. Les animaux amusent le lecteur et expriment la leçon à transmettre.

Pourtant, à la différence des fables animalières de La Fontaine, le récit de George Orwell ne se déroule pas uniquement dans le monde des animaux. En effet, l'auteur fait se côtoyer et se rencontrer la ferme et le monde des hommes (les Jones, Whymper, les fermiers…). Ce sont, d'ailleurs, les relations et les interactions entre les hommes et les animaux qui sont au cœur de l'intrigue, de la révolte initiale au festin final.

➠ Une composition riche de sens

La structure de l'apologue contribue également à exprimer la leçon que l'auteur cherche à transmettre. Dans *La Ferme des animaux*, George Orwell dessine une boucle : les animaux qui vivaient esclaves des hommes finissent esclaves des cochons. En effet, ces derniers occupent la maison de M. Jones, se tiennent debout et se sont mis à ressembler aux hommes. La « Ferme du Manoir », qui avait été renommée « Ferme des Animaux », retrouve son nom d'origine dans le dernier chapitre.

> **À RETENIR**
> La **composition circulaire** de *La Ferme des animaux* (la fin ressemble au début) montre que la révolution a échoué : la structure de l'apologue contribue à souligner sa signification.

Cette circularité du récit éclaire la leçon de l'apologue : en dépit des efforts des uns et des autres, rien n'a finalement changé car certains veulent le pouvoir quand d'autres se laissent dominer. L'auteur porte sur le monde un regard pessimiste.

➠ Un style qui invite à prendre du recul

Pour amener son lecteur à adhérer à son message, l'auteur de l'apologue adopte souvent une tonalité amusante car, en faisant rire ou sourire, il crée une connivence avec son public.

> **À RETENIR**
> Les **touches humoristiques** ont une double fonction : elles stimulent le lecteur tout en exprimant une critique des personnages mis en scène et des événements racontés.

Pour exprimer son analyse critique du totalitarisme, George Orwell fait en sorte que le lecteur ne soit pas tenté de s'identifier aux animaux : ils sont soit repoussants et égoïstes (les cochons), soit stupides. Benjamin est le seul à comprendre les événements, mais sa passivité n'est pas une attitude inspirante.

L'auteur se moque de ses personnages, qu'il s'agisse du Vétéran, un cochon promu philosophe, de Vaillant, incapable de mémoriser plus de trois lettres, ou des moutons qui bêlent en chœur. Le récit, bien que dramatique, est ainsi émaillé de touches d'humour qui ridiculisent le projet initial de l'Animalisme.

III – La littérature engagée dans la politique

Au milieu du XXe siècle, nombreux sont les écrivains qui ont fait de la littérature une tribune, un instrument pour amener la société à prendre conscience des différents dangers qui la menacent.

➠ La tonalité satirique

La tonalité satirique permet la critique par le rire. Le lecteur est amené à prendre du recul.
L'auteur, comme Molière dans ses comédies, force les traits de ses personnages. Napoléon, par exemple, se montre très peureux, ce qui le ridiculise.

➠ Le pamphlet

Le pamphlet est un texte satirique bref qui s'en prend à une personne ou à une situation. Il ne prend pas obligatoirement la forme d'un récit.
Dans la mesure où, pour dénoncer les dérives du régime soviétique, George Orwell écrit *La Ferme des animaux* dans une tonalité satirique, il est possible de parler de pamphlet. Le lecteur, au courant de l'actualité, est invité à déchiffrer le récit, à trouver qui se cache derrière tel ou tel animal. Ainsi Vétéran évoque-t-il Karl Marx : ses théories ont nourri la Révolution russe de 1917 qui a renversé le tsar Nicolas II. Le tsar serait alors représenté par M. Jones. Derrière Nelson se cache sans doute Trotski, que Staline (incarné par Napoléon) a écarté. Et l'on voit aisément *La Pravda,* le journal de propagande du Parti, représentée par Couineur. Quant à la chanson *Animaux d'Angleterre* n'évoque-t-elle pas *L'Internationale*?
Bien souvent, les pamphlets, parce qu'ils sont intimement liés aux circonstances, ne traversent pas les siècles, ce qui n'est pas le cas de *La Ferme des animaux*.

À RETENIR

Le **pamphlet** est un écrit court, composé dans des circonstances particulières.
Il se moque férocement d'une personne ou d'une situation.

➥ La littérature qui fait réfléchir : de l'utopie à la dystopie

Utopie et dystopie

L'**utopie** (en grec, le mot signifie « nulle part ») désigne un récit imaginant une société idéale, en général inverse de la nôtre.

La **dystopie** (ou contre-utopie) est un contre-modèle qui résulte souvent des dérapages d'une utopie.

À RETENIR

Dans son récit – pamphlet, utopie, contre-utopie –, George Orwell nous invite à comprendre les dérives d'une société pour mieux nous en préserver.

Dans la préface écrite pour l'édition ukrainienne de son récit, George Orwell explique qu'il a voulu dévoiler aux lecteurs vivant dans un pays relativement libre la réalité de l'URSS. Son récit prend racine dans son époque et propose une dénonciation amusante du régime soviétique.

La Ferme des Animaux apparaît au départ comme un monde idéal, la réalisation du rêve du Vétéran. Mais cette utopie égalitaire et fraternelle glisse inévitablement vers la dystopie.

L'auteur montre, en effet, la dérive d'un projet égalitaire en analysant les facteurs de ce glissement : l'intelligence égoïste des uns (les cochons) et la docilité naïve des autres (les moutons), le rôle de l'instruction, la violence (les chiens, le fouet), la passivité fataliste de certains, le besoin d'avoir plus (le moulin) qui pousse à engager des relations commerciales avec l'extérieur…

L'analyse fine du processus concerne, certes, l'URSS sous Staline, mais elle éclaire en même temps le fonctionnement de toutes les sociétés en nous mettant en garde contre la montée du totalitarisme. Aujourd'hui encore, c'est en comprenant bien les engrenages qui nous menacent que nous pouvons préserver notre liberté.

5 De l'utopie à la contre-utopie

Au IVe siècle av. J.-C., dans *La République*, le philosophe grec Platon imaginait déjà une société idéale, mais c'est l'humaniste anglais Thomas More qui a forgé, au XVIe siècle, le mot « utopie » pour nommer une île imaginaire et, pensait-il, parfaite. Après lui, de nombreux écrivains inventent de tels lieux pour amener leurs lecteurs à réfléchir sur les défauts de leur propre société. C'est notamment le cas de l'Eldorado né sous la plume de Voltaire, un royaume merveilleux où les pierres précieuses se ramassent sur les chemins. Mais alors pourquoi le héros Candide choisit-il de quitter ce monde parfait ? Les utopies ne porteraient-elles pas en germe les plus sombres dystopies ? *1984*, comme *La Ferme des animaux*, déchire le voile du rêve égalitaire : les utopies, prises dans le carcan du pouvoir, tournent finalement au cauchemar. Dans *Acide sulfurique*, Amélie Nothomb, en cherchant les responsables de ces dérives, nous propose une contre-utopie originale dans laquelle se reflète notre XXI^{e}siècle.

1 Thomas More, *Utopia*[1]

Présenté comme le discours d'un voyageur qui aurait visité l'île Utopia, le récit en latin de Thomas More, un philosophe anglais, présente aux lecteurs de la Renaissance une société parfaite selon l'idéal humaniste. Mais ce modèle est-il encore le nôtre aujourd'hui ?

Les vêtements ont la même forme pour tous les habitants de l'île ; cette forme est invariable, elle distingue seulement l'homme de la femme, le célibat[2] du mariage. Ces vêtements réunissent l'élégance à la commodité ; ils se prêtent à tous les mouvements du corps, le défendent contre les chaleurs de l'été et le froid de l'hiver. [...]

En général, chacun est élevé dans la profession de ses parents, car la nature inspire d'habitude le goût de cette profession. Cependant, si quelqu'un se sent plus d'aptitude[3] et d'attrait[4] pour un autre état[5], il est admis par adoption dans l'une des familles qui l'exercent ; et son père, ainsi que le magistrat ont soin de le faire entrer au service d'un père de famille honnête et respectable.

Si quelqu'un, ayant déjà un état, veut en apprendre un autre, il le peut aux conditions précédentes. On lui laisse la liberté d'exercer celui des deux qui lui convient le mieux, à moins que la ville ne lui en assigne[6] un pour cause d'utilité publique.

La fonction principale et presque unique des syphograntes[7] est de veiller à ce que personne ne se livre à l'oisiveté[8] et à la paresse, et à ce que tout le monde exerce vaillamment son état. Il ne faut pas croire que les Utopiens s'attellent au travail comme des bêtes de somme[9] depuis le grand matin jusque bien avant dans la nuit. Cette vie abrutissante pour l'esprit et pour le corps serait pire que la torture et l'esclavage. Et cependant tel est partout ailleurs le triste sort de l'ouvrier !

Les Utopiens divisent l'intervalle d'un jour et d'une nuit en vingt-quatre heures égales. Six heures sont employées aux travaux matériels, en voici la distribution :

Trois heures de travail avant midi, puis dîner. Après midi, deux heures de repos, trois heures de travail, puis souper.

Ils comptent une heure où nous comptons midi, se couchent à neuf heures, et en donnent neuf au sommeil.

Le temps compris entre le travail, les repas et le sommeil, chacun est libre de l'employer à sa guise[10]. Loin d'abuser de ces heures de loisir, en s'abandonnant au luxe et à la paresse, ils se reposent en variant leurs occupations et leurs travaux. [...]

Tous les matins, des cours publics sont ouverts avant le lever du soleil. Les seuls individus spécialement destinés aux lettres sont obligés de suivre ces cours; mais tout le monde a droit d'y assister, les femmes comme les hommes, quelles que soient leurs professions. Le peuple y accourt en foule; et chacun s'attache à la branche d'enseignement qui est le plus en rapport avec son industrie[11] et ses goûts.

Quelques-uns, pendant les heures de liberté, se livrent de préférence à l'exercice de leur état. Ce sont les hommes dont l'esprit n'aime pas s'élever à des spéculations[12] abstraites. Loin de les en empêcher, on les approuve, au contraire, de se rendre ainsi constamment utiles à leurs concitoyens.

Le soir, après souper, les Utopiens passent une heure en divertissements : l'été dans les jardins, l'hiver dans les salles communes où ils prennent leurs repas.

Thomas More, *Utopia*, 1516.

1. Le mot « Utopia » a été forgé par Thomas More à partir de deux mots grecs : le préfixe négatif « u » et « topos » qui signifie « lieu ». L'« utopie », c'est littéralement le « non-lieu », le « nulle part ». **2. célibat** : fait de vivre sans être marié. **3. aptitude** : prédisposition, qualités qui facilitent la pratique d'une activité. **4. attrait** : attirance. **5. état** : situation professionnelle. **6. assigne** : attribue sans qu'il soit possible de refuser. **7. syphograntes** : magistrats de quartier élus par un groupe de trente familles. Humaniste parlant latin et grec, Thomas More joue avec les langues et s'amuse à brouiller l'étymologie du mot : *sopho* (sages) ou *sypho* (stupides), *gerontes* (vieillards). **8. oisiveté** : inactivité par relâchement. **9. bêtes de somme** : animaux utilisés pour porter de lourdes charges. **10. à sa guise** : comme il le souhaite. **11. industrie** : activité, profession. **12. spéculations** : réflexions, formulations d'hypothèses.

Questions sur le texte 1

A. Quelle place les Utopiens accordent-ils dans leur journée au travail et aux loisirs ?

B. En quoi cette société peut-elle faire l'admiration des lettrés de la Renaissance ?

C. Quels reproches les lecteurs d'aujourd'hui peuvent-ils adresser au modèle proposé par Thomas More ?

2 Voltaire, *Candide*

Candide et son valet Cacambo, après de nombreux malheurs, sont arrivés par hasard dans le pays parfait, pourtant inaccessible, de l'Eldorado. Voltaire, avec cette utopie, présente à ses lecteurs la société idéale selon les philosophes des Lumières.

Candide et Cacambo sautèrent au cou de Sa Majesté, qui les reçut avec toute la grâce imaginable, et qui les pria poliment à souper.

En attendant, on leur fit voir la ville, les édifices publics élevés jusqu'aux nues[1], les marchés ornés de mille colonnes, les fontaines d'eau pure, les fontaines d'eau rose[2], celles de liqueurs de canne de sucre qui coulaient continuellement dans de grandes places pavées d'une espèce de pierreries qui répandaient une odeur semblable à celle du gérofle[3] et de la cannelle. Candide demanda à voir la cour de justice, le parlement[4] ; on lui dit qu'il n'y en avait point, et qu'on ne plaidait jamais. Il s'informa s'il y avait des prisons, et on lui dit que non. Ce qui le surprit davantage, et qui lui fit le plus de plaisir, ce fut le palais des sciences, dans lequel il vit une galerie de deux mille pas, toute pleine d'instruments de mathématiques et de physique.

Après avoir parcouru toute l'après-dînée à peu près la millième partie de la ville, on les ramena chez le roi. Candide se mit à table entre Sa Majesté, son valet Cacambo et plusieurs dames. Jamais on ne fit meilleure chère[5], et jamais on n'eut plus d'esprit à souper qu'en eut Sa Majesté. Cacambo expliquait les bons mots[6] du roi à Candide, et quoique traduits, ils paraissaient toujours des bons mots. De tout ce qui étonnait Candide, ce n'était pas ce qui l'étonna le moins.

Ils passèrent un mois dans cet hospice[7]. Candide ne cessait de dire à Cacambo : « Il est vrai, mon ami, encore une fois, que le château où je suis né ne vaut pas le pays où nous sommes ; mais enfin mademoiselle Cunégonde[8] n'y est pas, et vous avez sans doute quelque maîtresse en Europe. Si nous restons ici, nous n'y serons que comme les autres ; au lieu que si nous retournons dans notre monde, seulement avec douze moutons chargés de cailloux[9] d'Eldorado, nous serons plus riches que tous les rois ensemble, nous n'aurons plus d'inquisiteurs[10] à craindre, et nous pourrons aisément reprendre mademoiselle Cunégonde. »

Ce discours plut à Cacambo ; on aime tant à courir, à se faire valoir chez les siens, à faire parade de ce qu'on a vu dans ses voyages, que les deux heureux résolurent de ne plus l'être, et de demander leur congé à Sa Majesté. « Vous faites une sottise, leur dit le roi ; je sais bien que mon pays est peu de chose ; mais, quand on est passablement[11] quelque part, il faut y rester. Je n'ai pas assurément le droit de retenir des étrangers ; c'est une tyrannie qui n'est ni dans nos mœurs ni dans nos lois : tous les hommes sont libres ; partez quand vous voudrez, mais la sortie est bien difficile. Il est impossible de remonter la rivière rapide sur laquelle vous êtes arrivés par miracle, et qui court sous des voûtes de rochers. Les montagnes qui entourent tout mon royaume ont dix mille pieds[12] de hauteur, et sont droites comme des murailles : elles occupent chacune en largeur un espace de plus de dix lieues[13] ; on ne peut en descendre que par des précipices. Cependant, puisque vous voulez absolument partir, je vais donner ordre aux intendants des machines d'en faire une qui puisse vous transporter commodément[14].

Voltaire, *Candide*, chapitre 18, 1759.

1. jusqu'aux nues : jusqu'au ciel. **2. eau rose :** eau de rose (parfum tiré des roses). **3. gérofle :** girofle, plante très parfumée. **4. parlement :** tribunal. **5. on ne fit meilleure chère :** on ne mangea aussi bien. **6. bons mots :** traits d'esprit, paroles fines et amusantes. **7. hospice :** lieu accueillant. **8.** Chassé du château de Thunder-den-Tronk par le père de Cunégonde, Candide parcourt le monde en espérant retrouver la jeune fille. **9. cailloux :** pierres précieuses qui, au pays de l'Eldorado, se ramassent sur les chemins. **10. inquisiteurs :** juges religieux. **11. passablement :** à peu près bien. **12. dix mille pieds :** 3 000 m environ. **13. dix lieues :** 40 km. **14. commodément :** aisément.

Questions sur le texte 2

A. En quoi le monde imaginé par Voltaire est-il l'inverse de la réalité ?

B. Quelles valeurs illustre l'Eldorado ? Appuyez-vous sur des exemples précis.

C. Pourquoi Candide choisit-il de quitter l'Eldorado ? Que pensez-vous de sa décision ?

3 George Orwell, *1984*

Après avoir choisi le récit animalier pour exprimer sa pensée dans *La Ferme des animaux,* George Orwell adopte le genre de la science-fiction. En inversant les chiffres de 1948, l'année en cours, il imagine dans *1984,* une société totalitaire constamment surveillée par le Grand Frère.

« Comment avance le dictionnaire ? » demanda Winston[1] en élevant la voix pour dominer le bruit.

« Lentement, dit Syme[2]. Je travaille sur les adjectifs. C'est fascinant. »

[...]

« [...] Vous pensez sûrement que notre travail consiste principalement à inventer des mots nouveaux. Pas du tout ! Nous détruisons des mots, chaque jour, par vingtaines, par centaines. Nous coupons, taillons le langage jusqu'à l'os. La onzième édition ne renfermera pas un seul mot susceptible de devenir obsolète[3] avant l'an 2050. »

Il mordit voracement[4] dans son pain et avala deux bouchées, puis se remit à parler avec une sorte d'enthousiasme d'érudit[5]. Son mince visage brun s'animait, et ses yeux, qui avaient perdu leur expression moqueuse, étaient maintenant presque rêveurs.

« Quelle belle chose que la destruction des mots. C'est évidemment du côté des verbes et des adjectifs que la déperdition[6] est la plus grande, mais on peut également se débarrasser des substantifs[7] par centaines. Et il n'y a pas que les synonymes, il y a aussi les antonymes. Après tout, comment justifier l'existence d'un mot qui n'est rien de plus que le contraire d'un autre ? Un mot contient son contraire en lui-même. Prenez le mot *bon*, par exemple. Si vous avez un mot comme *bon*, quel besoin a-t-on d'un mot comme *mauvais* ? *Pasbon* fera aussi bien l'affaire, et mieux même, parce que c'est le contraire exact, ce que l'autre mot n'est pas. Ou encore, si vous voulez un terme plus fort que *bon*, quel est l'intérêt d'avoir un chapelet[8] de mots vagues et inutiles tels que *excellent*, *splendide* et ainsi de suite ? *Bonplus* exprime l'idée, ou *bonplusplus*, si l'on veut un mot encore plus fort. [...] ». « [...] Bien sûr, c'est le G.F.[9] qui est à l'origine de l'idée » ajouta-t-il après coup.

À la mention du Grand Frère, une expression de ferveur[10] frileuse[11] passa fugacement[12] sur le visage de Winston. Syme, cependant, nota aussitôt la tiédeur de son enthousiasme. [...]

« Ne voyez-vous pas que l'ambition du néoparle[13] est de rétrécir le champ de la pensée ? Nous finirons par rendre le délit[14] de pensée littéralement impossible, parce qu'il n'existera plus de mots pour l'exprimer. Tous les concepts dont on peut avoir besoin seront rendus par un seul mot, *un seul*, dont le sens sera rigoureusement défini et les nuances subsidiaires[15] gommées et oubliées. Nous approchons déjà de cet objectif dans la onzième édition, mais le processus continuera longtemps après que vous et moi serons morts. Chaque année, de moins en moins de mots, et le champ de la conscience se rétrécira toujours plus. [...] »

George Orwell, *1984*, 1949, traduction de Philippe Jaworski,

1. Winston Smith est le héros du roman; il tente de s'affranchir de l'idéologie du parti au pouvoir mais ne parviendra pas à échapper à la Police de la Pensée. **2.** Syme est un collègue de Winston qui, trop conscient de l'enjeu de son travail, finira « vaporisé ». **3. obsolète :** dépassé, qui n'est plus utilisé. **4. voracement :** avec appétit. **5. érudit :** personne ayant acquis de grandes connaissances dans les domaines de l'histoire, des lettres, des langues. **6. déperdition :** diminution progressive. **7. substantifs :** noms. **8. chapelet :** au sens figuré, longue liste. **9. le G.F. :** le Grand Frère (*Big Brother*), chef du parti unique, qui exerce un pouvoir absolu. **10. ferveur :** enthousiasme souvent religieux. **11. frileuse :** craintive, sans passion. **12. fugacement :** très rapidement. **13. néoparle :** langue officielle d'Océania. D'autres traducteurs l'ont appelée « novlangue ». **14. délit :** infraction à la loi. **15. subsidiaires :** secondaires, de moindre importance.

Questions sur le texte 3

A. En quoi l'univers de *1984* s'oppose-t-il au nôtre dans l'extrait? Quel est l'effet sur le lecteur ?

B. Qu'apprend-on sur le Grand Frère ? Quelle est l'opinion des deux personnages à son sujet ?

C. Quel message George Orwell veut-il transmettre à son lecteur dans cette scène dystopique ?

4) Amélie Nothomb, *Acide sulfurique*

Amélie Nothomb imagine une société dans laquelle une émission de téléréalité appelée « Concentration » montre les souffrances de prisonniers mal nourris, battus, obligés de creuser un tunnel inutile. L'héroïne, Pannonique, prisonnière elle aussi, s'efforce de rendre à ses compagnons leur dignité.

Les prisonniers étaient les seuls êtres humains à ne jamais avoir vu ne fût-ce qu'une seconde de « Concentration ». C'était leur unique privilège.

– Je me demande quelles séquences intéressent le plus le public, dit MDA 802 pendant le dîner.

– Je suis sûr que ce sont les passages de mise à mort, dit un homme.

– C'est à craindre, enchaîna Pannonique[1].

– Les violences aussi, dit une femme. La schlague[2], les hurlements, ça doit les défouler.

– Certainement, dit MDA 802. Et les séquences « émotion » : là, ils doivent se pourlécher.

– Selon vous, demanda EPJ 327, qui sont les plus coupables ?

– Les kapos[3], répondit l'homme.

– Non : les organisateurs, intervint quelqu'un qui ne parlait jamais.

– Les hommes politiques qui n'interdisent pas une telle monstruosité, dit MDA 802.

– Et vous, Pannonique, qu'en pensez-vous ?

Il y eut un silence, comme chaque fois que l'attention se dirigeait vers la jeune fille.

– Je pense que les plus coupables sont les spectateurs, répondit-elle.

– N'êtes-vous pas un peu injuste ? demanda l'homme. Les gens rentrent de leur journée de travail, ils sont épuisés, mornes[4], vidés.

– Il y a d'autres chaînes, dit Pannonique.

– Vous savez bien que le programme télévisé est souvent l'unique conversation des gens. C'est pour ça que tout le monde regarde les mêmes choses : pour ne pas être largué et avoir quelque chose à partager.

– Eh bien, qu'ils regardent tous autre chose, dit la jeune fille.

– C'est ce qu'il faudrait, bien sûr.

– Vous en parlez comme d'un idéal utopique, reprit Pannonique. Il ne s'agit que de changer de chaîne de télévision, ce n'est quand même pas très difficile.

– Je ne suis pas d'accord, déclara MDA 802. Le public a tort, c'est sûr. De là à dire que c'est lui le plus coupable ! Sa nullité est passive. Les organisateurs et les politiques sont mille fois plus criminels.

– Leur scélératesse[5] est autorisée donc créée par les spectateurs, dit Pannonique. Les politiques sont l'émanation[6] du public. Quant aux organisateurs, ce sont des requins qui se contentent de se glisser là où il y a des failles, c'est-à-dire là où il existe un marché[7] qui leur rapporte. Les spectateurs sont coupables de former un marché qui leur rapporte. [...] L'ultime responsabilité revient à celui qui accepte de voir un spectacle aussi facile à refuser.

Amélie Nothomb, *Acide sulfurique*, © Éditions Albin Michel, 2005.

1. À la différence des autres prisonniers, Pannonique n'est plus un numéro car elle a eu le courage de donner son nom malgré l'interdiction. **2. schlague :** châtiments violents, coups de baguette administrés dans les armées allemandes et autrichiennes. **3. kapos :** détenus chargés de commander aux autres déportés dans les camps de concentration nazis ; ici, ce sont des gardiens payés par les organisateurs pour se montrer sans pitié. **4. mornes :** tristes, sans énergie. **5. scélératesse :** méchanceté. **6. sont l'émanation du public :** expriment les pensées du public. **7. marché :** débouché économique.

Questions sur le texte 4

A. Comment Amélie Nothomb rend-elle la scène vivante ?

B. Quel est l'enjeu du dialogue ?

C. Quelles réflexions Amélie Nothomb partage-t-elle dans ce passage ?

6 Lecture d'images et histoire des Arts

1 *Camarades de combat. Le Rire*, 15 octobre 1939

Document 1
Caricature

Maurice Sauvayre (1889-1968) est un peintre et graveur principalement connu pour ses dessins humoristiques. Mobilisé en 1914, il acquiert sa notoriété en diffusant dans la presse des caricatures de poilus qui expriment tout le tragique de la guerre.
Il travaille notamment pour *Le Rire*, un hebdomadaire qui, avec quelques interruptions et modifications, paraît de 1894 à 1971.
Camarades de Combat qui représente Staline et Hitler fait la Une du journal le 15 octobre 1939, un peu plus d'un mois après les déclarations de guerre qui ouvrent le conflit mondial. Le 23 août 1939 l'Allemagne et l'Union soviétique ont signé un pacte de non-agression dans lequel chacun des dirigeants s'engage à ne pas contrecarrer les projets expansionnistes de l'autre. Mais, quand Hitler attaque l'URSS en juin 1941, Staline se rapproche aussitôt de la Grande-Bretagne et de ses alliés.

Questions sur le document 1

A. Quels indices permettent d'identifier les deux personnages ?

B. Comment Maurice Sauvayre exprime-t-il la violence des deux régimes politiques ?

C. Que signifient selon vous l'attitude et l'expression des deux personnages ?

2) *Femme récoltant du blé sur une moissonneuse-batteuse*, Alexandre Deïneka, 1938

Document 2

Mosaïque du plafond du métro de Moscou

Le peintre Deïneka (1899-1969) a mis son talent au service des valeurs soviétiques. On lui doit notamment la décoration de la station de métro Maïakovskaïa ouverte à Moscou en 1938.

Chacune des mosaïques lumineuses qui ornent les coupoles du plafond glorifie à sa manière la nation : aviateurs, parachutistes, mais aussi nageurs et skieurs… Il s'agit de célébrer l'idéal soviétique en suscitant enthousiasme et ardeur patriotique.

Que l'art se mette au service du pouvoir politique n'est pas propre à l'URSS. En effet, au fil de notre histoire, l'art a moins dénoncé que célébré : ainsi, David peint Napoléon franchissant à cheval le col du Grand Saint-Bernard, Delacroix rend hommage à la Révolution de 1830 avec *La Liberté guidant le peuple*…

Regardez sur Internet ces œuvres ainsi que les autres mosaïques de la station Maïakovskaïa et soyez sensible à l'impression de mouvement qui s'en dégage.

Questions sur le document 2

A. Comment la mosaïque associe-t-elle tradition et modernité ?

B. Quel est selon vous l'intérêt de la vision en contre-plongée (par en dessous) ici ?

C. Étudiez l'expression du mouvement ? Quelles émotions l'artiste cherche-t-il à créer ? Quelle est son intention ?

7 Et par ailleurs...

Si *La Ferme des animaux* a suscité votre curiosité, voici quelques pistes pour approfondir votre réflexion et découvrir d'autres récits utopiques ou dystopiques.

BANDES DESSINÉES

• Après le décès de George Orwell, la CIA obtient de sa veuve l'autorisation de publier une adaptation en bande dessinée de *La Ferme des animaux*. L'album, paru en 1951 (voir page 44), a été publié en français en 2016 par les éditions L'Échappée.

• Vous pouvez aussi lire l'adaptation de Jean Giraud et Marc Bati parue aux éditions Novedi en 1985.

• Et si vous aimez la bande dessinée, ne manquez pas celle qui relate la vie de George Orwell ; elle a été réalisée par Pierre Christin et Sébastien Verdier aux éditions Dargaud en 2019.

• Proposant une réponse au pessimisme de *La Ferme des animaux, Le Château des animaux* de Xavier Dorison, Félix Delep et Jessica Bodard (Casterman 2019 et 2020) montre comment les victimes exploitées parviennent à fragiliser le pouvoir qui les asservit.

À VOIR

Vous pouvez visionner, sur Youtube ou en DVD, deux adaptations de La *Ferme des animaux* :

• Le film d'animation *La Ferme des animaux* réalisé en 1954 par John Halas et Joy Batchelor (voir couverture). Comme la bande dessinée de 1951, ce film a été financé par la CIA.

• Le téléfilm de 1999 dans lequel John Stephenson a mis en scène de véritables animaux qu'il fait parler. Le film reste fidèle au récit malgré quelques différences, notamment le fait que Clémence soit remplacée auprès de Vaillant par la chienne Jo (Jessie en anglais).

CÉLÈBRES UTOPIES, CÉLÈBRES DYSTOPIES

• *Utopia* (voir page 158), imaginée par l'humaniste anglais Thomas More (1478-1535), est en lecture libre sur Wikisource. Privilégiez le livre second, plus abordable.

• Si vous avez envie de rêver et de réfléchir en même temps ou simplement d'enrichir votre culture en découvrant les utopies les plus connues, utilisez un moteur de recherche pour lire les pages suivantes : le chapitre 57 de *Gargantua* de Rabelais décrivant l'étonnante abbaye de Thélème; les *Lettres persanes* 11 à 14 de Montesquieu consacrées au peuple des Troglodytes, les chapitres 17 et 18 racontant le voyage de Candide (*Candide*, Voltaire) au pays de l'Eldorado (voir page 160).

• Le monde immobile de l'utopie peut basculer dans le cauchemar. *« Vive l'État Unique. Vive les numéros. Vive le bienfaiteur ! »* : ce slogan est celui de la société imaginée par le Russe Evgueni Zamiatine en 1920, trois ans après la révolution bolchevique. Ce roman d'anticipation, *Nous autres* (réédité sous le titre *Nous* chez Actes Sud en 2017), éclaire les dérives soviétiques et a fortement influencé *1984*, le dernier roman de George Orwell.

• Écrit en 1948, *1984* (voir page 162) dénonce une fois encore l'URSS mais aussi, plus largement, toute pensée unique. Tout le monde en a retenu le slogan *« Big Brother is watching you »*. Cette célèbre dystopie a été adaptée pour le cinéma en 1984 (joli clin d'œil !) par Michael Radford avec Richard Burton. Il existe aussi sous la forme d'un roman graphique réalisé par Fido Nesti (Grasset, 2020).

• Lisez également *Le Meilleur des mondes* d'Aldous Huxley (1932). Cet auteur a été le professeur de français d'Eric Blair (George Orwell bien sûr) à Eton. Vous apprécierez le tout aussi célèbre *Farenheit 451* de Ray Bradbury (1953) qui se déroule dans une société privée de lecture.

• Le succès d'*Hunger Games* (romans et films) de Suzanne Collins montre que les dystopies touchent plus que jamais notre sensibilité.

POUR APPROFONDIR

• En entrant « France-Culture Orwell » sur votre moteur de recherche, vous accéderez à des émissions radiophoniques consacrées à l'écrivain et à la façon dont son œuvre peut éclairer notre époque.

• Sur le site de la Bibliothèque nationale de France (http://expositions.bnf.fr/utopie/index.htm), vous trouverez de nombreux textes (cliquez sur « Cabinet de lecture ») et une riche iconographie concernant l'utopie. Parcourez le site en cliquant sur les différents onglets ; attardez-vous plus particulièrement sur la dystopie (Zooms thématiques/Contre-utopie).

CONSEILS de LECTURE

Réfléchir sur notre monde

- *La Kallocaïne* de Karin Boye (1900-1941) : ce bref roman dystopique suédois publié en 1940 a sans doute influencé *1984* (Éditions Ombres, 1998).
- *Matin brun* de Franck Pavloff (Éditions Cheyne, 1998) : ce court apologue, qui emprunte aux chemises brunes nazies son titre et son thème, nous met en garde contre la pensée unique.
- *La Vague* de Todd Strasser s'inspire d'une véritable expérience de psychologie pour montrer, au sein d'une classe, la montée d'une idéologie totalitaire. Le roman a été adapté pour le cinéma en 2008 par Dennis Gansel.
- *Globalia* de Jean-Christophe Rufin (Gallimard, 2004) : ce roman d'aventures très accessible démasque l'illusion heureuse de Globalia.
- *Acide sulfurique* d'Amélie Nothomb (Albin Michel, 2005) : une lecture agréable qui stimule notre réflexion sur notre monde (voir page 164).
- La littérature de jeunesse explore également le genre de la dystopie et dénonce les abus de pouvoir : *Le Combat d'hiver* de Jean-Claude Mourlevat (Gallimard Jeunesse, 2006) ; *Tobie Lolness* de Timothée de Fombelle (Gallimard Jeunesse, 2006 et 2007).

Crédits photographiques

Photo de couverture : Scène du film d'animation *Animal Farm* de Joy Batchelor et John Halas (1954), adapté du livre de George Orwell. Photo © Halas & Batchelor Collection Ltd / Bridgeman Images.
Photos des plats de couverture : Document 1 : © MEPL / Bridgeman Images. Document 2 : © Photo par World History Archive / ABACAPRESS.COM.
p. 4 : CSU Archives/Everett Collection/Bridgeman Images. **pp. 5, 9, 10, 25, 36, 50, 57, 69, 80, 93, 109, 124 :** Shutterstock. **p. 44 :** traduction du créole mauricien en français par Alice Becker-Ho, © Éditions L'Échappée, 2016. **p. 45 :** © Mirrorpix / Bridgeman Images. **p. 79 :** Photothèque Hachette-Livre. **p. 108 :** © Patrick Lorette / Bridgeman Images. **p. 144 :** BNF, Photo © Photothèque Hachette-Livre. **p. 157 :** « Scenographia Turris » : la tour de Babel. Extrait de « Physica sacra » de Johann Jakob Scheuchzer, Augspurg et Ulm, 1731-1735. Gravure de Fridrich Jacob Andreas le Vieux et Füssli Johann-Melchior, 1731. Photo Photothèque Hachette Livre.

PAPIER À BASE DE FIBRES CERTIFIÉES

hachette s'engage pour l'environnement en réduisant l'empreinte carbone de ses livres. Celle de cet exemplaire est de : 350 g éq. CO_2 Rendez-vous sur www.hachette-durable.fr

Achevé d'imprimer en Février 2021 en Espagne par Black Print
Dépôt légal : Mars 2021 – Édition 01
17/9027/3

Dans la même collection

Dans la même collection (suite et fin)